Maria Luisa Castelli Ferraris

Mosaico

Mnamon

Ai due uomini della mia vita

Prefazione

Mosaico è un'esplorazione, una traccia sinuosa che si percorre pagina dopo pagina fino ad un approdo sorprendente in cui si profila il disegno antico del sentimento.

Un gesto carico di conseguenze e rorido di emozioni e attese ci cala subito in un'atmosfera che ricorda – come sfondo – i migliori scritti di Mc Grath; si dipana allora una sorta d'impedita ricerca verso un necessario disvelamento delle più celate intimità amorose.

Il lettore assiste così – tra Riviera Ligure e Svizzera - ad una dolorosissima educazione sentimentale affrontata a fronte alta da una ragazzina che ama e fugge, lascia e abbandona e in questo movimento trova le ragioni del proprio esistere e lavacro delle proprie infermità sentimentali.

Si dipana così un *jeu* che vede protagonisti la giovane amante e il vecchio confidente tra reticenze e impulsi; terreno di parole e gesti in cui non verdeggia la verità, appassita semmai, dai colpi e dalle maschere del tempo.

È una scrittura tutta virata al femminile quella che accompagna il lettore tra scatole misteriose e fogli pieni di vita, scrittura che evidenzia il suo debito all'*escamotage* settecentesco di una lettera misteriosa, trama di effetti e parole a volte e non a caso floreale.

Mosaico è anche una sorta di giardino delle Esperidi in cui le presenze femminili hanno nomi di fiori (Rosa, Ginestra, Iris, Genziana) un *conter fleurette*, un dirlo come fiori in un clima beato sotto un sole puro.

Altri rimandi ci portano alle levità del fiore di Novalis o all'itinerario morale delle goethiane *Affinità Elettive* in una sorta di ricamo classico che ha in sé tutta la trasparenza e la bellezza di una fragranza primaverile, la nota di un'infinita giovinezza.

Claudio Zella Geddo

Ogni riferimento a persone o fatti reali è puramente casuale

I

Sentivo i brividi corrermi lungo la schiena.

Dov'erano andati quel calore e quelle risate e chiacchiere tra due amici stanchi che cercavano un po' di serenità? Quante volte me ne ero stata lì, con una calda tazza di caffè tra le mani, a godere della luce che filtrava attraverso la trama delle tendine, portando all'interno il verde che fluttuava all'esterno.

La luce era la stessa e neppure il verde se ne era andato, ma ora l'effetto era solo di un grigio polvere che neutralizzava tutti quanti i colori.

Lì, in piedi, lo sguardo perso, stavo cercando disperatamente un barlume della felicità che regnava in quella stanza solo una manciata di ore prima, e il mio sguardo si aggirava avido di trovarne anche solo un pizzico, quando si era posato su quella terribile corda che penzolava da un trave del soffitto, ora priva del peso che aveva retto. A peggiorare l'impatto, se solo ce ne fosse stato bisogno, esattamente sotto di essa una sedia rovesciata aveva richiamato la mia attenzione.

Era come se qualcuno mi avesse sferrato un colpo allo stomaco, dove un dolore sordo stava salendo fino a farmi scoppiare il cuore e poi la testa. Quante volte avevo predicato che piangere è liberatorio, e quante volte ero riuscita io a piangere? Pochissime.

Neppure in quel momento, di fronte alla materializzazione del sentito dire, ero riuscita a farlo, mi era uscito dalle labbra solo un singulto, un urlo represso. Mi ero portata le mani alle labbra e i miei occhi, alzandosi da quella sedia, si erano posati sulle pareti.

Improvvisamente mi ero sentita osservata, non ero più sola.

Un'infinità di ritratti della stessa donna, in varie pose mi circondava e toglieva intimità a quella mia visita.

Ero certa di non averli visti altre volte, in quel momento comunque non erano riusciti a destare più di tanto la mia curiosità, se non per il fatto che li sentivo come degli intrusi che si erano frapposti tra me e il dolore che stavo provando.

"... Un chiaro caso di suicidio, anche se la vittima non ha lasciato scritti di alcun genere".

Così la polizia aveva liquidato quell'evento che, oltre che tragico di per sé, anche se allora non ne ero consapevole, avrebbe sconvolto tutta quanta la mia vita.

Il caso era risolto per il resto del mondo, così non erano stati posti sigilli.

Io avevo semplicemente usato la chiave che sapevo nascondeva sopra lo stipite della porta d'ingresso: me l'aveva confidato lui quando la nostra amicizia era un sentimento importante per entrambi.

Era stato proprio quel sentimento a evitare che mi ponessi remore a entrare in quella casa così poco tempo dopo la sua morte. Era terribile quella parola, una piccola parola che aveva il potere di far terminare un'infinità di movimenti, di sogni, di pensieri, di respiri.

Il resto del mondo poteva essere soddisfatto di quella sentenza lapidaria, ma io no: io volevo cercare di capire il perché, avevo bisogno di dare un senso, se mai ce ne fosse uno, a quella tragedia. Non sapevo come altro chiamarla, visto che nulla mi aveva fatto presagire, per tutto il tempo che l'avevo frequentato, un gesto così estremo da parte sua.

Lì, non sapendo cosa altro fare, avevo iniziato a pensare a lui, a com'era stato ai miei occhi, a come mi fossi sentita da subito in sintonia con lui, che era una persona comunque strana, schiva con tutti.

In effetti non avevo saputo molto della sua vita prima del suo trasferimento in quel posto tra i monti. Dipingeva e scriveva, ed era bravissimo in entrambe le cose che erano in effetti la sua professione, supponevo da sempre. Amava che altri apprezzassero e godessero di questa sua bravura, al punto che con le sue arti aveva iniziato a creare sceneggiature per veri e propri spettacoli, con i quali coinvolgeva gli ospiti della casa di cura che sorgeva lì accanto. Avevo sorriso ricordando quanto si facessero prendere dalle trame e dalle coreografie colorate e solari quelle persone, che Dio solo sa quanto avessero bisogno di sentirsi importanti e interessati a qualcosa che non fossero tediose chiacchierate con i terapisti e appuntamenti con le varie pillole.

Io lo sapevo bene perché lavoravo proprio in quella clinica e avevo apprezzato e appoggiato da subito quelle iniziative, a differenza forse di altri miei colleghi che non le condividevano appieno.

Proprio così era iniziata la nostra amicizia.

Quanto era inusuale il suo aspetto. A me piacevano però la sua barba incolta, i capelli lunghi sale e pepe raccolti a treccia e le folte sopracciglia su occhi blu profondi e cupi, che gli davano un aspetto misterioso, quasi a nascondere il suo vero volto, che avrebbe potuto essere attraente oppure orribilmente deturpato. Quanto ne avevamo riso assieme di queste mie elucubrazioni che non mi facevo problemi a raccontargli, senza d'altronde sortire l'effetto di un qualche cambiamento o di un'ulteriore confidenza da parte sua.

Stavo bene con lui, mi sembrava di conoscerlo da sempre, e non era una semplice frase che stesse a indicare solo un'affinità particolare di spirito e di intelletto, ma un vedere in alcune sue movenze, in alcune sue espressioni, quando non sapeva di essere osservato, un già vissuto che a tratti arrivava a turbarmi.

Per un attimo, pensando a tutti quei piccoli e grandi ricordi di quando era ancora vivo, mi ero rasserenata, l'avevo sentito vicino come non mai.

Poi mi ero risvegliata, ancora in quella casa colma di tragedia, e mi ero sentita tradita perché aveva osato lasciarmi senza spiegazioni, perché non si era fidato neppure di me; eppure avrebbe dovuto, perché c'era la nostra amicizia, profonda e importante.

"Perché l'hai fatto? Non ti ho mai detto quanto ho già sofferto in vita mia, non volevo più sentirmi così, non avevi il diritto di infrangere la fortezza che a fatica ero riuscita a crearmi attorno in tutti questi anni. Almeno spiegami perché…".

Sì, ricordo che erano più o meno queste le parole che avevo pronunciato ad alta voce, come se lui fosse lì, accanto a me, e potesse udirmi.

E forse l'aveva fatto.

Mi ero inspiegabilmente diretta verso la camera da letto.

Era un angolo della casa che avevo visto solo di sfuggita.

Il nostro stare insieme non si era mai spinto sino a quella parte dell'abitazione.

Quella stanza era straordinariamente in ordine, come se nessuno vi dormisse da diverso tempo, o come se tutto fosse stato ripulito, fin nei minimi particolari, per cancellare ogni impronta e rendere tutto intonso e asettico, quasi si trattasse della scena di un delitto da liberare da indizi compromettenti, avevo pensato; solo che lì non erano stati compiuti delitti nei confronti di terzi.

Non aveva riscontro quella mia impressione e avevo temuto che la mia mente iniziasse a giocarmi cattivi scherzi.

Mi aggiravo senza sapere cosa cercare o osservare. In realtà tutto questo non aveva senso, io lo sapevo, ma non riuscivo ad andarmene.

"C'è qualcuno? Dottoressa, è lì? C'è bisogno di lei in ospedale".

Quella voce che proveniva dall'esterno aveva rotto quella strana atmosfera quasi di attesa; quell'intrusione non cercata mi aveva riportata alla realtà di tutti i giorni, al mio lavoro che, ne ero consapevole, doveva avere la precedenza su tutto.

Mi avevano cercata lì, senza esitazione. Tutti sapevano dove "la dottoressa bionda" passava i suoi momenti liberi, e anche adesso, che "il pittore" se ne era andato era lì che si erano diretti per chiamarmi.

In quel periodo ero l'unica donna psichiatra del centro, e anche se non erano molti anni che lavoravo in quella piccola clinica, immersa in un fitto bosco al centro della Svizzera, sentivo di essere benvoluta e rispettata, anche grazie al mio carattere paziente, che mi rendeva particolarmente idonea per quel lavoro delicato, dove sono le anime, con le loro molteplici sfaccettature, a dover essere curate quando si incrinano.

La voce mi aveva richiamata alla realtà, ma facevo fatica a staccarmi da quelle stanze. Avevo l'impressione netta di essere vicinissima a qualcosa che mi avrebbe chiarito le idee riguardo a quel fatto violento. Ma dovevo andare. Stavo chiudendomi la porta della camera alle spalle, quando qualcosa sul cassettone aveva attirato la mia attenzione.

Ero ritornata sui miei passi e mi ero diretta verso una scatola rivestita con una stoffa scozzese.

Sembrava fuori luogo in quella stanza priva di oggetti superflui, disadorna quasi. Poi l'avevo riconosciuta: gliel'avevo regalata io, per il suo compleanno, l'anno precedente. Non pensavo l'avesse conservata, il fatto mi aveva piacevolmente colpita. D'istinto l'avevo presa in mano e mi ero accorta che non era vuota. Non poteva contenere ancora i cioccolatini assortiti. La curiosità aveva preso il sopravvento, così l'avevo aperta, scoprendo che all'interno custodiva un pacco di fogli fittamente scritti a mano. La calligrafia era senza dubbio quella del mio amico: fine, appuntita e disordinata.

Non volevo violare l'intimità di quell'uomo che se ne era andato, ma la data, posta in cima al primo foglio, aveva svegliato la mia attenzione che si era momentaneamente assopita per lasciare il posto alla malinconia e alla nostalgia.

Risaliva esattamente a una settimana prima della sua morte.

Le prime parole, poi, mi avevano destata del tutto.

Spero che tu, dottoressa bionda, non arriverai mai a leggere quanto sto scrivendo, perché, in caso contrario, vorrebbe dire che non ho trovato la forza di sopportare, e me ne sarò andato per sempre. So che questa scatola non mancherà di attirare la tua attenzione: me l'hai regalata tu, ricordi?

Avevo avuto sempre nel profondo la certezza che non poteva essersene andato senza aiutarmi a capire, ma a quel punto mi aveva inspiegabilmente assalita una paura alla quale non sapevo dare un nome.

"Dottoressa…"

Chi stava fuori ad aspettarmi, e non aveva avuto risposta, mi stava richiamando con una certa insistenza, e io avevo risposto scusandomi e uscendo per un attimo da quella strana sensazione di ignoto denso di ombre.

Quella persona non era entrata in casa e io, prima di raggiungerla, mi ero imposta di dissimulare ciò che quella scoperta del tutto inaspettata aveva sortito su di me, altrimenti si sarebbe letto sul mio volto tutto quel tumulto e io non volevo che qualcuno si chiedesse cosa mi stesse succedendo. Io stessa non avrei saputo cosa rispondere.

Avevo deciso di non lasciare lì la scatola: non volevo che la polizia, tornando, la portasse via.

"La terrò con me e leggerò tutto quanto appena mi sarà possibile...".

Di nuovo avevo parlato ad alta voce con lui, in un dialogo impossibile, e avevo avuto la sensazione che mi stesse dicendo di non lasciar passare troppo tempo prima di scoprire per intero il suo contenuto.

Forse stavo impazzendo.

Chiusa la scatola mi ero diretta all'esterno di quella piccola casa indipendente, circondata dal verde, dove l'infermiere che mi aveva chiamata mi stava aspettando pazientemente.

"La polizia ha scoperto qualcosa di nuovo? L'ho sentita parlare e pensavo lo stesse facendo con qualcuno addetto al caso".

Ricordo perfettamente che parlò guardando verso l'interno, quasi si aspettasse di vedere uscire qualcuno, e restando deluso quando gli avevo girato le spalle per chiudere la porta.

La mia pazzia aveva preso di nuovo il sopravvento...

"Stavo parlando da sola, anche se in realtà ho avuto la netta sensazione di parlare con "il pittore", che era in grado di rispondermi proprio come quando era in vita".

Ero stata io a rispondere in quel modo delirante e giustamente il ragazzo, che lavorava da poco alla clinica e non mi conosceva quanto mi conoscevano gli altri, mi aveva guardata come se mi considerasse un po' fuori dalla realtà, come i miei pazienti. Ma non erano fatti suoi e, senza proseguire nella discussione, si era diretto, assieme a me, verso l'edificio che ci attendeva.

II

Prima di andare a scoprire quale fosse l'ultima emergenza in ordine di tempo, mi ero diretta in camera e avevo appoggiato la scatola sul letto, dove me la sarei dimenticata fino a sera.

Durante il giorno la mia mente e tutte le mie energie erano state assorbite dall'impegno che mettevo sempre nel risolvere le emergenze e le crisi che inevitabilmente costellavano il mio tempo lavorativo. Non mi era capitato neppure una volta di trascurare anche il più piccolo bisogno di attenzione e quella particolare giornata non avrebbe fatto differenza.

Ricordo che avevo solo sorriso per un attimo, durante il mio affaccendarmi, pensando che proprio i miei metodi poco conformisti di appormi alla malattia, che affliggeva i miei pazienti, mi avevano avvicinata a lui, che la pensava esattamente come me, e allontanata un poco da chi lavorava con me. Bisbigliavano alle mie spalle "Certo, è italiana, di Milano. Come si dice da quelle parti? Ha il cuore in mano. Potrebbe pentirsene prima o poi. Non si sa cosa frulla per quelle teste…".

Erano tutti figli miei, frase retorica ma vera: miei e suoi, del "pittore" che loro adoravano.

Era con lui che mi spingevo con alcuni pazienti fino al paese vicino a fare compere, ed era sempre lui che a volte mi aiutava a preparare con loro un pasto speciale per i giorni di festa o a costruire oggetti che coinvolgevano la loro manualità, rendendoli fieri dei risultati che io e lui per primi apprezzavamo, e dando loro una felicità che nessun farmaco avrebbe potuto sostituire.

Lui non c'era più e Dio solo sa quanto male mi aveva fatto pensarlo, ma io avrei continuato con i miei metodi, con il suo appoggio invisibile ma quanto mai presente. E così era stato anche per quella giornata, lunga e coinvolgente al punto che aveva anestetizzato il mio cervello e la mia anima.

III

Finalmente era giunta la sera anche di quella triste giornata. Stanca era un minimizzare le mie condizioni fisiche quando ero arrivata finalmente in camera.

Dopo una cena leggera sentivo il bisogno di una doccia e di una buona dormita. Mi stavo svestendo, quando lo sguardo si era posato sulla scatola sopra il letto. Non me ne ero dimenticata, ma quell'oggetto aveva perso la priorità durante tutto il giorno.

Ora se la stava riprendendo, anzi, era come se mi stesse attirando a sé e pretendesse tutta la mia attenzione.

Avevo comunque seguito l'istinto di rilassarmi un attimo e di concedermi un po' di cure, come se sapessi di dover affrontare ancora una dura prova, dopo quella della giornata appena trascorsa. Poi mi ero seduta sul letto con la schiena appoggiata alla spalliera e, accesa la luce sul comodino, avevo aperto la scatola.

I fogli che mi ero ritrovata in mano erano lisci, sottili, preziosi quasi, come se chi li aveva riempiti di parole ritenesse queste ultime così importanti da non poter essere affidate a carta comune. Li avevo accarezzati, ansiosa di iniziare a leggerli, ma quasi timorosa di scoprire qualcosa che non mi sarebbe piaciuto affatto. Poi avevo iniziato.

Sai che con le parole non mi sono mai destreggiato più di tanto, ho sempre preferito scrivere, ho scritto milioni di fogli che ho tenuto, gettato, regalato. Con te ho instaurato un bellissimo rapporto di amicizia. Mi sei stata preziosa, in più di un'occasione, ma anche con te non ho mai esercitato più di tanto la mia dialettica. Ti ho ascoltata tanto, senza averne mai abbastanza, ma senza darti mai altrettanta confidenza. A volte mi sembrava che le parti tra di noi si fossero invertite: io potevo essere il medico che ascoltava e tu la paziente che si sfogava. Ma in realtà il tuo ruolo professionale è ben altro e forse, senza che io mi accorgessi di permettertelo, hai curato la mia anima, ascoltando i miei silenzi. Mi ricordo, come fossero passati pochi giorni, la prima volta che ci siamo incrociati. Da pochissimo eri arrivata alla clinica e, non conoscendo ancora nessuno, passavi i momenti liberi a passeggiare tra il verde. Io stavo disegnando una pianta in giardino e, quando ti ho vista, ho riconosciuto la nuova "dottoressa bionda" di cui parlava tutto l'ospedale.

Avevo appoggiato un attimo i fogli ed ero rimasta assorta a meditare su quanto avevo appena letto. Era tutto vero.

Mi erano tornate alla mente quelle giornate passate a cercare di conoscere quanto più potevo quei luoghi, che rappresentavano un punto di arrivo dopo tanto viaggiare. Avevo vissuto sempre in città, più o meno grandi, e quel piccolo paesino mi aveva dato subito un senso di pace e tranquillità. Il verde mi tonificava, assieme a quell'aria pura che mi bruciava i polmoni, abituati per anni ad assorbire di tutto.

Il fatto che quell'uomo ignorava era che anch'io avevo sentito parlare del "pittore" perché, proprio in quel periodo, stava allestendo una delle sue commedie coi pazienti, che lo apprezzavano e gli volevano bene come fosse uno di loro. Erano tanto eccitati all'idea di quella nuova avventura, che non facevano che parlare dello spettacolo e del suo artefice, rendendomi oltremodo difficili i primi approcci con le nuove realtà alle quali mi trovavo davanti.

In effetti quel nostro primo incontro nel giardino non era stato poi tanto casuale, io stavo andando proprio lì per pregarlo, visto che aveva tanto ascendente su di loro, di calmarli, permettendo a me di iniziare il mio lavoro. Invece mi ero lasciata coinvolgere da quello strano personaggio, al punto che mi ero trovata ad ascoltarlo parlare dell'allestimento della scena, dei costumi e della facilità che dimostravano gli "attori" a entrare nelle varie parti.

Iniziavo a sentire la stanchezza, ma la voglia di continuare era ancora troppo forte, così avevo ripreso i fogli e ricominciato la lettura.

Mi sembrati tanto familiare. Avevo l'impressione di averti già conosciuta, magari in una vita precedente. Credi nella reincarnazione? Ci siamo presentati e siamo entrati subito in sintonia. Questa almeno è stata la mia impressione. Abbiamo parlato tanto e subito del lavoro che stavo svolgendo alla clinica e tu l'hai trovato interessante e terapeutico. Non sapevi quanto terapeutico fosse per me. Non ho idea del perché, ma ho sempre avuto difficoltà a comprendere le persone in genere. Troppo complicate, frenetiche, alla perenne ricerca di qualcosa di neppure ben definito, ma che sperano dia loro una qualche completezza che non provano. Questi miei amici invece non sanno di avere dalla loro una gran fortuna: la semplicità, l'immediatezza, la facilità di provare entusiasmo, certamente data dall'effimera aderenza alla realtà di tutti i giorni, ma tanto preziosa, secondo me, da sostituirla positivamente. E io qui ho trovato, o forse è meglio dire avevo trovato, la pace tanto cercata.

L'avevo sempre considerato una persona introspettiva, non pensavo però fino a quel punto, ma comprendevo la sua affezione verso quegli uomini e quelle donne, perché era esattamente quello che provavo io. Una frase mi aveva comunque colpita in modo particolare: *"Mi sembravi tanto familiare"*. Anch'io avevo avuto quella sensazione, tanto forte da farmi fermare, quel primo giorno in giardino, a qualche metro di distanza, a osservarlo intensamente per qualche minuto, non vista perché lui era ancora concentrato sul disegno. Poi si era mosso e quella sensazione era svanita.

Sola, nella mia stanza avevo chiuso gli occhi per ricordare quel momento e ora facevo fatica a riaprirli. La stanchezza stava avendo la meglio.

Le mie notti di sonno erano da sempre state un buco nero, senza sogni, dei mattoni che mi cadevano addosso e mi lasciavano, la mattina, con la sensazione di avere, sì, ripreso le forze, ma di aver perso un pezzetto di vita.

Non quella notte. Al risveglio mi ero sentita leggera, con la piacevole sensazione di aver appena assistito a un film rilassante, del quale peraltro non ricordavo la trama. I fogli erano ancora sulla coperta, perché il sonno mi aveva comunque colta all'improvviso, ma non erano sparsi disordinatamente, come sarebbe stato ovvio, visto che avevano fatto da coperta al mio riposo. Erano al contrario ordinati, come se aspettassero pazienti il mio risveglio per darmi altre informazioni preziose. Io li avevo guardati con occhi ancora appannati dalla notte appena trascorsa, e mi ero rivolta a loro come a qualcuno che mi potesse ascoltare, dicendo che mi dispiaceva, ma il dovere mi chiamava, e loro avrebbero dovuto aspettare ancora qualche ora. Senza sentirmi stupida per questo, li avevo riposti nella scatola, mi ero vestita e avevo iniziato la mia giornata in ospedale.

IV

Lì non si parlava d'altro. Il fatto avrebbe suscitato scalpore anche in un luogo più vasto, in una città più grande; a maggior ragione lo faceva in un piccolo paese e in una clinica che aveva le dimensioni di una grossa villa, dove gli eventi più importanti erano le crisi dei pazienti in cura, fortunatamente non numerose, che comunque non impressionavano nessuno.

Conoscendo l'attaccamento degli "ospiti" per il "pittore", tutti i medici si erano prodigati nel tenere il fatto nascosto, ma non c'era voluto molto perché il muro di protezione si sciogliesse come neve al sole.

Una visita della polizia, due chiacchiere di corridoio, e tutta la storia era dilagata in un attimo, anche tra le persone che andavano protette.

Proprio queste ultime quella mattina avevano circondato la loro dottoressa preferita, per chiederle cosa fosse successo e perché. Si sentivano abbandonate. Qualcuno si riteneva coinvolto personalmente, come se quel gesto fosse stato un affronto verso la sua persona; in particolare si vedevano privati di un amico che li aveva lasciati senza spiegazioni, quasi avesse voluto punirli, senza chiarire per quale motivo.

Io avevo impiegato tutto il giorno per arginare tutta quella disperazione. Avevo cercato così di consolare anche me stessa perché, passato lo shock iniziale, anch'io iniziavo ad accusare il colpo, ma almeno avevo quelle pagine che mi attendevano in camera e mi sentivo privilegiata per questo.

Non avevo comunque intenzione, per il momento, di mettere a parte qualcuno del mio tesoro: quelle parole erano solo mie. Ancora non sapevo quanto.

V

Ed era tornata la sera, ancora una volta fortunatamente.

L'adrenalina mi aveva abbandonata piano piano, lasciandomi spossata, priva di forze e di volontà. Avevo bisogno di aria, profumo di natura, così ero uscita e mi ero diretta verso il bosco.

Non volevo pensare, volevo a tutti i costi il vuoto dentro e fuori la mia testa. Troppe emozioni, troppo impegno, troppo di tutto.

Il silenzio mi aveva avvolta come una coperta, il profumo della resina e del muschio avevano riempito ogni poro della mia pelle, dandomi la sensazione di toccarli e non solo di percepirli con l'olfatto.

Dopo aver camminato a lungo mi ero diretta di nuovo verso la clinica e tra gli alberi avevo scorto la casa del mio povero amico. – Che tristezza – avevo pensato. Le finestre chiuse, il cancello serrato, davano esattamente la percezione di occhi chiusi sul mondo, di irrimediabilmente finito.

Improvvisamente mi aveva assalita una nostalgia incontenibile dei fogli che avevo abbandonato la mattina. Volevo continuare la lettura presto, subito. Avevo allungato il passo ed ero arrivata alla clinica. A quell'ora regnava un silenzio, che sembrava ancora più intenso dopo il caos della giornata appena trascorsa. Le scale in penombra mi davano la sensazione di essere accompagnata dai pensieri e dalle vite interiori dei miei pazienti, mentre salivo al piano dove, nella camera che mi ospitava, sul mio letto, mi aspettavano i fogli che, in un attimo, erano di nuovo nelle mie mani.

Quello è stato il primo di innumerevoli appuntamenti che poi sono diventati quotidiani. Aspettavo il tuo arrivo con impazienza per raccontarti le mie nuove idee, per avere la tua approvazione che arrivava sempre puntuale a gratificarmi. E poi ti ascoltavo... I tuoi dubbi, le tue preoccupazioni, le tue scoperte, le tue gioie quasi infantili. Ti ricordi le passeggiate nel bosco, fino al lago o in città, soli o con un gruppo di pazienti-amici che ci deliziavano con le loro scoperte, banali per gli altri, ma importanti per il loro cammino verso la guarigione? Sembravamo due genitori con i loro bambini strani, ma tanto amati.

Avevo interrotto la lettura su quell'ultima frase, e posando la mano sul foglio, mi ero chiesta come mai non avessi mai visto noi come una coppia in senso biblico, come mai non mi avesse mai sfiorata l'idea di avere con lui un rapporto che non fosse platonico al cento per cento. Eppure c'era sempre stato un feeling molto forte tra noi.

Come se il mio pensiero, attraverso il contatto della mano sul foglio, si fosse trasmesso a quest'ultimo, che non vedeva l'ora di dare una qualche spiegazione, mi balzarono agli occhi le parole che proseguivano il discorso appena interrotto, e che parevano il proseguimento di quanto mi ero appena chiesta.

Genitori: ironico appellativo riferito allora a noi. Non sai quante volte mi sono chiesto, quando ti lasciavo e restavo solo a ripensare a te e agli obiettivi che avevamo raggiunto insieme, come mai tra noi non ci fosse una relazione fisica. Domande che mi hanno colto non nei primi tempi, ma quando ormai le ore trascorse assieme non si potevano più contare. Sei bella, intelligente, con te sono sempre stato bene, e sapevo che qualcuno dei tuoi colleghi lo dava per scontato, senza capirti probabilmente, visto che loro mi hanno tollerato sempre e solo per l'apporto a quello che chiamavano "il tempo libero degli ammalati". Ma capivo che anche a te andava bene così e questo mi bastava. Non ti conoscevo a sufficienza per comprenderti appieno. Per molto tempo sai che non ho saputo nulla di te, della tua vita precedente. Non mi raccontavi episodi, come se fossi nata lì, in quel luogo, e prima ci fosse stato il vuoto. D'altro canto potevi dire lo stesso di me.

Com'era vero…

Mi ero alzata, mi ero diretta alla finestra e avevo aperto i vetri e le imposte, come se al di là avessi potuto vedere il film della mia vita, prima di rifugiarmi lì.

Ma quello che vedevo era ancora confuso.

Tutta la mia esistenza precedente aveva avuto un punto di arresto in quel luogo e quel periodo poteva, metaforicamente, rappresentare un'isola: prima c'era la vita e oltre doveva essercene dell'altra, ma in quel punto esisteva solo una pausa che, forse, avrei protratto all'infinito.

Era vero, non gli avevo mai raccontato nulla di me e lui aveva atteso senza fare domande, senza stimolarle con racconti sulla sua, di vita, ma, a differenza di lui, non mi ero mai posta l'interrogativo – chissà perché – oppure – voglio saperne di più –. Mi andava bene che fosse nato lì, con me, senza un passato a disturbare quell'equilibrio di forze che, pur nell'attra-zione reciproca, ci tenevano comunque ad un'incomprensibile distanza fisica.

Sapevo che un giorno quel patto tacito di dimenticanza si sarebbe interrotto, ma fino a quel momento la mia mente si era rifiutata di porsi il problema.

Ripensandoci, quando era successo, era stata inaspettatamente una liberazione per me riparlare di quanto mi era capitato tanto tempo prima, senza che qualcuno mi avesse chiesto di farlo: mi aveva fatto riacquistare una parte di me sepolta da tempo.

Solo in quel momento mi ero resa conto che la mia confessione era avvenuta poco tempo prima del fatto tragico.

Poteva essere una coincidenza, e sicuramente lo era, ma la scoperta mi aveva fatta rabbrividire, anche se non trovavo un nesso logico tra il mio sfogo e quanto era accaduto poco tempo dopo.

Avevo richiuso la finestra e avevo ripreso il manoscritto.

Se me ne sarò andato per sempre e tu starai leggendo quanto ho scritto, ti starai chiedendo, a questo punto, il perché di questo sfogo. Posso solo dire che ho qualcosa da rivelarti e non ho voluto farlo subito. Volevo darmi e darti tempo. Un tempo pieno di ricordi, di cose belle da lasciarti in eredità, non avendo beni materiali di valore, se non i miei quadri. Inizierò col confessarti che tre mesi fa è entrata una donna nella mia vita.

VI

Un segreto.

Lui aveva saputo tenerlo per sé tanto accuratamente, che io non ne avevo mai, neppure per un attimo, immaginato l'esistenza.

Avevo esternato la mia meraviglia ad alta voce, tanta era stata la sorpresa.

– Che sciocca, perché mi stupisco tanto? – Avevo pensato poi, dopo il primo sgomento. – È normale che avesse una vita tutta sua. Non aveva l'obbligo di raccontarmi alcunché.

Eppure mi aveva assalita uno strano sentimento, quasi di gelosia, per questa persona che si era insinuata fra noi. In silenzio.

Dovevo sapere, anche se mi sembrava di entrare in una casa non mia, ma dove, tutto sommato, ero stata apertamente invitata. Non avrei violato alcuna privacy, avrei visto solo quello che l'ospite aveva deciso di mostrarmi.

Banale dirlo, ma a un tratto mi è sembrato di non avere mai amato prima. L'ho incontrata per caso a Losanna, in una galleria d'arte di un mio amico. Era una sua modella, all'epoca, e io l'ho vista mentre posava per lui. Non riuscivo a levare gli occhi dal suo corpo e dal suo viso, così serio ma così giovane, molto, troppo più di me. Ho capito subito che dovevo allontanarmi, il mio istinto mi diceva di fuggire il più lontano possibile, ma i miei piedi non si sono mossi, nonostante gli appelli della mia mente. Lei si è avvicinata e il mio amico ci ha presentati. Ora mi rendo conto che non te ne ho mai parlato perché mi sembrava di tradirti, e non volevo perdere la tua vicinanza. Non so perché, ma temevo una tua reazione. Assurdo, vero? Non c'entrava nulla quello che avevo con te con quello che c'era tra me e quella ragazza: tu ed io non stavamo assieme. Sciocco temere reazioni, eppure... E poi avevo perso la testa, lo ammetto, e il fatto splendido era che lei pareva provasse lo stesso sentimento. All'inizio mi sembrava sola, poi ne sono stato certo. Più la storia proseguiva, più era e doveva essere solo mia. Nessuno doveva saperlo, neppure tu. Andavo io da lei, non ho mai voluto che venisse qui. Temevo forse anche i commenti che inevitabilmente ne sarebbero derivati: — Guarda il vecchio pittore con la ninfetta —. Non l'avrei sopportato, a maggior ragione se fossero arrivati da te.

Avrei compreso io?

Rivolta ancora a qualcuno che ormai era sotto terra, stavo iniziando a dire che io non avrei mai detto una cosa simile.

Poi mi ero interrotta un attimo, e avevo ripreso dicendo a me stessa che forse l'avrei fatto, che pensavo di conoscerlo e di non credere fosse capace di sentimenti tanto forti, invece... Quindi è possibile che anche la mia reazione sarebbe stata di non comprensione...

Ma che importanza poteva avere, ormai?

Ad un tratto mi ero sentita stanca, ma non avevo sonno.

Era notte fonda, tutto era immerso nel silenzio, rotto da qualche lamento, frutto di incubi notturni di pazienti inquieti.

Avevo bisogno di bere un po' d'acqua fresca. Non avevo cenato ma non sentivo gli stimoli della fame. Ero tesa come una corda di violino pronta a suonare una canzone struggente e nostalgica.

Non ero certa di volerne sapere di più.

Preferivo ricordarlo come l'avevo conosciuto, senza passato o storie.

I ricordi mi rimandavano la sensazione che la sua presenza nella casa nel verde fosse stata costante; però, a poco a poco, iniziavo a visualizzare periodi di assenze, giorni in cui le persiane erano socchiuse e lui non rispondeva, quando andavo a bussare alla sua porta.

Chissà perché, avevo sempre dato per scontato che, quando non rispondeva, fosse nel bosco lì vicino, a dipingere o a scrivere, non lo avevo mai pensato più lontano. Addirittura in un'altra città.

Desideravo che il sonno mi cogliesse, forse per avere una scusa per non continuare la lettura, ma, posato il bicchiere ancora colmo d'acqua, avevo ripreso in mano i fogli.

Ma inconsciamente sapevo che tu non l'avresti mai fatto. Mi è venuta così una gran voglia di raccontarmi alla mia cara amica, alla mia unica amica, a te. Ti avrei detto che non mi ricordavo di essere stato un ragazzino alle prime cotte, che mi sono sempre visto già adulto ad affrontare difficoltà molto più grandi di me, che a casa mia non giravano molti soldi, così ho dovuto aiutare i miei molto presto e mettere da parte la passione per gli studi artistici. Ti avrei anche detto che non mi sono mai sottratto alle responsabilità, ma poi, quando i miei si sono divisi, ognuno ha pensato per sé. Anch'io, che ormai ero diventato un uomo e avevo deciso di recuperare la mia passione per l'arte, ho iniziato a viaggiare. Mi è sempre bastato poco per vivere, così non ho fatto altro che dipingere e vendere i miei quadri un po' qua un po' là, finché sono arrivato a Losanna e poi qui. Qui, dove sei arrivata tu a riportarmi un sentimento che non avevo mai coltivato, l'amicizia, e lei a darmi l'altro, l'amore. Volevo anche spiegarti che per un certo periodo mi pareva di vivere due storie parallele e molto simili sotto certi aspetti. Anche con lei, nonostante l'amore, non ci sono stati da subito rapporti fisici: mi sembrava tanto fragile, da proteggere, non volevo sporcarla... Che brutta parola per un atto d'amore, ma era questa la mia impressione. Che fosse un presagio?

Ecco, con poche parole, aveva letteralmente messo tra le mie mani tutta la sua vita.

La pensavo più avventurosa, più misteriosa, ma eccola lì, raccontata con una manciata di frasi, che avrebbero potuto racchiudere molto oppure nient'altro.

E poi perché aveva voluto mettermi a parte di quel sentimento così suo, adesso che non c'era più? – Forse la stanchezza mi sta dando alla testa – avevo pensato – nessuno mi costringe a continuare a leggere quanto è stato scritto, posso smettere quando voglio e buttare tutto via, fingere di non aver mai trovato nulla.

Ma ancora una volta avevo continuato, quasi in trance.

Non stancarti proprio ora di leggere: vedrai che tutto avrà un senso, anche se purtroppo non ti piacerà affatto. Cerca di avere ancora un po' di pazienza.

Mi conosceva bene.

Mi ero guardata attorno con la sensazione che lui fosse lì a osservarmi, attento che non smettessi di scoprire il seguito, e stranamente non mi ero sentita spaventata o stupida.

VII

La voglia di raccontarti tutto mi era venuta circa tre settimane fa, anzi, ti posso dire il giorno esatto: l'undici marzo. Non mi ero preparato alcun discorso, avevo solo deciso di parlare con te. Ti ho aspettata alla finestra e ti ho vista arrivare dalla clinica. La giornata era splendida, anche se ancora molto fresca, ma il sole del primo pomeriggio era abbastanza caldo da invogliare chiunque a camminare tra il verde, ed è proprio questo che mi hai chiesto appena sei arrivata a portata di voce. Sono uscito e mi sono accorto che qualcosa non andava. Sul tuo viso c'era un'espressione che non avevo mai visto prima. Capitava che tu fossi preoccupata per qualcosa che non andava sul lavoro, ma quel giorno era diverso. Era come se fossi lontana e seguissi un ragionamento solo tuo che ti sconvolgeva. Ti ricordi?

E come potevo dimenticare? Quel giorno dovevo prendere una decisione e in realtà non sapevo come comportarmi. Anche questa mia irresolutezza era un'assurdità: avevo passato gran parte della mia vita a fare ricerche per giungere al risultato che mi aveva portata a quel punto, ed ora che le mie domande stavano per avere una risposta, non riuscivo a provare gioia, quanto piuttosto sgomento.

Anch'io avevo scelto quel giorno per smettere di vivere su quell'isola senza tempo e riprendere in mano il mio passato per decidere il futuro.

Che strana coincidenza.

Avevo bisogno di lui e non sospettavo minimamente che anche lui avesse bisogno di me. Il mio sfogo però non era stato premeditato. Ero arrivata fin lì, l'avevo visto e avevo deciso che solo lui avrebbe potuto aiutarmi.

Dopo aver provato la sensazione che lui fosse lì, mi pareva quasi naturale parlare ad alta voce. E l'avevo fatto, di nuovo.

Nel silenzio della notte ormai fonda volevo ricordare.

Da quel pomeriggio il film della mia vita non era più immerso nella nebbia, aveva iniziato ad essere di nuovo limpido, perché l'avevo voluto io, mi ero aperta totalmente con quell'uomo strano che sapeva ascoltare.

I fogli mi stavano parlando di nuovo.

Ti sei avvicinata. Non eri più tu, eri un'altra persona, che non conoscevo, ma che sentivo aveva bisogno di me, o forse solo di essere ascoltata da uno come me. Non era il mio turno di parlare, era il tuo. Mi sono seduto, ti ho offerto una sedia, che tu hai ignorato, e camminandomi attorno hai iniziato...

VIII

Era vero, ero tornata, con la mente, a Milano nella casa che mi aveva vista nascere e tra le vie che mi avevano vista crescere.

Una casa ricca, in via Bianca Maria, il cui nome era già da solo garanzia di persone benestanti, legate a tradizioni inattaccabili e intoccabili, in là con gli anni e proprio per questo motivo attaccati a me in modo quasi morboso.

Per me era stato come vivere in una scatola dorata ben chiusa, che veniva aperta solo per fare entrare accessori selezionati e controllati. Da quella scatola potevo uscire solo per frequentare scuole scelte con cura tra le migliori e persone che potessero accrescere le mie cognizioni di bon ton, poco importava se non davano nulla al mio spirito e al mio cuore.

Non mi mancava l'amore dei miei genitori, anzi ne avevo in abbondanza e questo doveva bastarmi. E mi era bastato fin tanto che avevo capito che c'era un altro mondo oltre la scatola e il suo stretto intorno.

Non ero più "la piccolina", ero cresciuta e avevo imparato a dare un nome alla morsa che a volte mi stringeva la gola: claustrofobia.

In senso ampio. Non la scatenavano solo i luoghi ma soprattutto le situazioni, che diventavano stanze strette che si chiudevano attorno a me, si stringevano fino a togliermi il fiato, fino a immobilizzarmi per il timore di sprecare la poca aria preziosa che mi circondava.

Nessuno aveva percepito la vera causa dei miei silenzi improvvisi, dei pallori che preoccupavano tanto la mamma, più sensibile a questi cambiamenti.

Da parte mia non volevo aiutare nessuno a capirmi. Dovevano comprendere da soli che avevo bisogno di spazio per uscire da quelle stanze piccole e respirare, finalmente.

Sentivo di avere una grande forza interiore, nonostante le mie difficoltà ad adattarmi o ad uscire da quella situazione di non benessere. Avrei combattuto le mie battaglie da sola, non volevo dipendere ancor di più da chi mi adorava e lo avrebbe fatto maggiormente se avessi chiesto aiuto.

Certo la mia infanzia e la mia adolescenza non sono state un'angoscia continua: avevo privilegi che la maggior parte dei miei coetanei neppure sognava e che io godevo al massimo delle mie forze e del mio spirito. Purtroppo mi accompagnava spesso un senso di mancata crescita, di situazione stagnante che non mi faceva maturare interiormente come invece mi succedeva esteriormente.

Sapevo di essere bella, sentivo gli sguardi di compiacimento e di invidia attorno a me.

Desideravo disperatamente provare sentimenti forti ma non ci riuscivo. Tutto dormiva dentro di me. Non spasimi, non innamoramenti, non adrenalina buona, di quella che stimola a rovesciare il mondo. Forse erano tutte quelle buone maniere, quel auto-controllo che mi avevano inculcato per tanti anni, che avevano cementato la mia anima, il mio spirito.

Volevo una scossa, la volevo con tutta me stessa, la volevo così fortemente da evocarla, da farla diventare una possibilità reale.

Tutto quel percorso l'avevo rifatto nella mia mente, nella mia stanza, in quella notte buia, ma sapevo di averlo ripetuto ad alta voce a lui, quel soleggiato pomeriggio di inizio primavera.

... Sei riuscita, con poche parole, a sezionare davanti a me la tua anima. Non mi hai raccontato solo la vita di una ragazzina ricca e amata. Io ti ho ascoltata e ti ho vista mentre lottavi contro il tuo malessere e la tua assenza interiore. E ho iniziato a sentirmi male. Mi avevi così coinvolto, che non mi ricordavo più che avrei dovuto essere io a parlare e tu ad ascoltare. Poi hai iniziato a raccontarmi di Portofino e il mio cuore ha perso colpi, non sapevo ancora il perché, o non volevo guardare in faccia la realtà, ma l'avrei scoperto inesorabilmente dopo poco, e solo allora il mio cuore si sarebbe fermato per sempre.

IX

La testa aveva iniziato a pulsare assieme alla mia mente stanca.

Si confondevano le sue parole scritte sulla carta e i miei ricordi, incisi nella memoria.

Portofino.

Avevo diciassette anni e stavo attraversando uno dei miei "periodi no", un po' più preoccupante del solito. Avevo perso qualche chilo di troppo, era agosto e il caldo a Milano era insopportabile.

La ditta di famiglia stava attraversando un periodo tanto burrascoso da richiedere la presenza assidua di entrambi i miei genitori, che se ne occupavano assieme. Era già stato prenotato per me un viaggio in Inghilterra ma, date le mie condizioni non eccessivamente floride, a nessuno pareva il caso di farmelo intraprendere. Io avevo ringraziato quella mia magrezza benedetta, perché non avevo nessuna voglia di trascorrere un mese in un college a studiare e a parlare una lingua che avevo sempre ritenuto arida e lontana.

Non sapevo cosa avessero in serbo per me e neppure me ne interessavo, perché sapevo che non avrei avuto voce in capitolo.

Poi, una sorpresa inaspettata.

Avevano alfine scelto la mia meta estiva, Portofino.

Io adoravo quel posto.

Ci abitava un cugino di mio padre con sua moglie, due persone simpatiche, senza figli, che vivevano di quello che rendeva loro un piccolo ristorante sulla costa.

Non stavo nella pelle dalla gioia, soprattutto perché ci sarei andata da sola. Non mi interessava sapere se loro finalmente si fossero resi conto che avevo bisogno di aria in tutti i sensi, o se proprio non potessero, vista la situazione lavorativa, accompagnarmi. Erano considerazioni secondarie, volevo partire e il solo pensiero mi aveva riempito le narici di odore di mare.

Il giorno era arrivato.

Ci aveva accolti una cittadina, un gioiello, in piena stagione turistica.

La decisione dei miei genitori di lasciarmi in quel caos aveva pericolosamente vacillato. Ci avevano pensato i cugini e una vecchietta, che faceva loro da governante, a convincerli che non mi sarebbe successo nulla, che tutto era sotto controllo, che quel clima allegro e quell'aria salmastra mi avrebbero fatto solo un gran bene.

Come conferma a quel ragionamento, il mio stomaco aveva reclamato un buon pezzo di focaccia unta e saporita che stava sul tavolo della cucina. Davanti a quella mia voracità improvvisa, le perplessità dei miei erano capitolate e, dopo mille raccomandazioni a me e ringraziamenti ai cugini, mi avevano salutata. Avevano tagliato per la prima volta veramente il cordone ombelicale da quando ero nata.

Euforia.

Mi sentivo quasi in colpa per quel turbinio dentro di me che mi faceva mancare il respiro.

Era il primo vero sentimento-sensazione che mi ricordavo di aver mai provato.

Quella calma piatta dentro di me si era finalmente smossa lasciando spazio a onde lunghe di gioia incontrollabile. Era iniziata al meglio la mia vacanza ligure e sentivo che sarebbe proseguita con lo stesso ritmo.

Passeggiavo alla scoperta di quel paradiso dove, dal lusso delle navi da crociera attraccate al molo, passavo al caos della "piazzetta" assiepata da turisti di tutte le estrazioni sociali, che sgomitavano per appropriarsi di uno spazio sul muretto, a ridosso del mare, dove gustare, "seduti a Portofino", un gelato o un pezzo di focaccia calda. Mi arrampicavo su al faro, dove i turisti arrivano raramente, a godermi, nel silenzio interrotto dal brusio lontano, uno dei panorami più belli del mondo: le coste liguri da levante a ponente, accarezzate da un mare mai completamente calmo e da un vento dolce che fa ondeggiare i pini marittimi, fino a farli sembrare un secondo mare parallelo. Entravo nella Chiesa di San Giorgio che sembra proteggere quel piccolo porto dall'alto, e mi lasciavo permeare dall'odore di cera, incenso, sale vecchio di secoli e polvere.

Tutti i miei sensi si stavano svegliando e io non volevo perdermi nemmeno la più piccola sensazione.

Poi andavo a Paraggi o a San Michele a fare il bagno. L'acqua, che mi accarezzava e mi sorreggeva, aveva su di me un effetto sensuale che mi trovava del tutto impreparata, perché per la prima volta avevo la percezione del mio corpo, me lo sentivo addosso come una stoffa morbida e termica. Amavo tanto quella mia nuova libertà piena di

cose stimolanti, che non sentivo la necessità di fare conoscenze. Mi bastavano il mare e me stessa ritrovata.

X

Ero tornata nella mia stanza e non sentivo più la stanchezza.

Avevo aperto le finestre e il fruscio delle fronde, accarezzate dal vento primaverile, mi ricordava lo sciabordio di quel mare, verde come il bosco che mi circondava.

Presa dai miei ricordi, non avevo fatto caso più di tanto alle ultime parole che avevo letto su quei fogli riguardo Portofino e a quello che avevano suscitato nel suo cuore. Ora però dovevo continuare, anche se mi spiaceva enormemente allontanarmi da quei momenti, tanto importanti da aver condizionato tutta quella che sarebbe stata la mia vita futura.

Tu mi parlavi di Portofino e io mi sentivo catapultato laggiù, dopo anni in cui per me quel luogo era svanito nelle nebbie della dimenticanza. Anch'io ho amato quel posto, anche contro la mia volontà. Io e la mia famiglia stavamo trascorrendo uno degli innumerevoli periodi neri. Da poco ci eravamo trasferiti a Genova al seguito di papà, che era stato assunto al porto con un lavoro stagionale. Poco, ma meglio di niente. Anche la mamma si dava da fare come poteva e io, poco più che ventenne, senza lavoro, davo un aiuto vendendo di sera, nei ristoranti sulla costa, gli acquerelli e gli schizzi a china che componevo durante il giorno. Non sollevavo di molto le sorti finanziarie della famiglia, considerando anche il fatto che la concorrenza era davvero tanta, ma non mi piaceva bighellonare e poi, quando riuscivo a vendere qualcosa, lustravo il mio amor proprio, un po' ammaccato dall'impossibilità, vista la scarsità di contanti, di fare tutto quello che un ragazzo della mia età avrebbe fatto volentieri. Difficilmente mi spostavo a Ponente, preferivo il Levante e, per quanto girassi le varie cittadine, che comunque amavo tantissimo, Santa Margherita, Rapallo, Chiavari, Sestri, le gambe, alla fine, mi portavano sempre a Portofino. Ne ero attratto come il ferro da una cala-mita. Paradossalmente, lì mi sentivo ricco tra i ricchi, non so neppure io perché. Indossavo il mio vestito migliore, passeggiavo nel chiarore rosato del tramonto e lo assaporavo fino a quando svaniva, lasciando il posto alle luci dei lampioni e alla famosa brezza frizzante che spesso a quell'o-ra fa increspare anche il mare più calmo. Aspettavo che i ristorantini e i bar si popolassero di corpi abbronzati e profumati, e iniziavo a pro-porre la mia merce. Mi dava una soddisfazione enorme venire ascoltato e apprezzato perché non proponevo le solite stampe, ma pezzi originali e diversi gli uni dagli altri, e ammetto che osavo alzare un po' i prezzi, consapevole di essere circondato da persone che potevano permettersi di spendere quello che volevano.

I miei ricordi correvano parallelamente ai tuoi e non so le volte che avrei voluto interromperti per dirtelo, per farti sapere che avevamo un amore in comune, che lì tu eri rinata e io lì riuscivo a sentirmi vivo e lontano dai mille problemi che mi avrebbero accolto inevitabilmente a casa. Ma non riuscivo a interromperti, tanto era l'impeto col quale le tue parole mi stavano travolgendo.

"Che coincidenza" avevo pensato.

"Peccato non abbia trovato il modo di fermarmi: avremmo potuto parlare delle nostre sensazioni". Ma sapevo che non sarebbe successo, quel giorno ero troppo decisa ad andare fino in fondo al mio sfogo, ero troppo determinata a chie-dere un consiglio a qualcuno, dopo tanto tempo che non lo facevo più.

Non lo avrei ascoltato come avrebbe meritato.

Lì, tra i boschi, la notte si faceva sempre più cupa.

Non somigliava neppure lontanamente alle notti color zaffiro che impreziosiscono il paesaggio ligure, ma bastava a riportarmi là, in riva al mare, non ancora distratta da quanto stavo apprendendo da quello sfogo neppure immaginato.

XI

Ero tornata in quel ristorantino gestito dai miei cugini, dove cenavo in loro compagnia ogni sera, prima dell'arrivo dei clienti, e stavo rivivendo, come stesse accadendo in quel momento, l'incontro con quello che sarebbe diventato il mio lui.

Non mi ero mai interessata in modo particolare agli appartenenti all'altro sesso o, se lo avevo fatto, era stato occasionalmente e superficialmente, senza che la cosa suscitasse in me pulsioni particolari.

Sarebbe banale dire che alla vista di quel ragazzo, vestito decorosamente e dallo sguardo profondo come il mare vicino agli scogli, che se ne stava tutto solo a gustare spaghetti al pesto come fossero il piatto più prelibato del mondo, il mio cuore aveva iniziato a danzare per la prima volta.

Banale ma vero, un feeling epidermico, visivo, immediato.

Non avevo badato al fatto che fosse fuori orario, poiché a quell'ora cenavamo solo noi in genere; non avevo pensato neppure per un attimo che la sua voce potesse essere scipita al punto da smontare il mio castello appena abbozzato, o che il suo animo non esistesse, sopraffatto da una cupa materialità.

Ero andata da mia cugina e l'avevo pregata di lasciarmi fare la parte della cameriera, quella sera, così avrei potuto conoscerlo senza dare troppo nell'occhio. La mia iniziativa l'aveva divertita molto e me l'aveva concesso.

Così era iniziata la nostra storia.

Il feeling era decisamente reciproco.

Chiacchieravamo molto, passeggiavamo, prendevamo il sole e lui fotografava tutto quello che gli capitava di originale sotto gli occhi: scorci nascosti ad occhi poco attenti, personaggi tipici del luogo che posavano volentieri, come se lo conoscessero e lo lasciassero fare.

Non mi raccontava molto di sé, se non che aveva abitato in svariati luoghi e che ora viveva a Genova, non sapeva neppure lui per quanto tempo ancora. In realtà anch'io gli avevo svelato solo che ero parente dei proprietari e che la cameriera l'avevo fatta unicamente quella volta, per poterlo conoscere. Quella rivelazione l'aveva divertito molto e mi aveva regalato uno dei suoi sorrisi più dolci, che mi sarebbe rimasto negli occhi per tanti anni.

E poi era successo.

Di baci ce n'erano già stati. Baci che mi davano la sensazione di scivolare sulla gelatina, che mi facevano sprofondare in un mare di panna, baci adulti che non avevo ancora dato. Ora li stavo dando a lui, che mi guardava con quegli occhi di mare, lui che aveva cinque anni più di me e sembrava averne vissuto trenta di più, lui che mi aveva regalato la mia prima notte d'amore sui prati attorno al faro, col golfo che ci nascondeva nel suo abbraccio e le onde che, sbattendo sugli scogli, sembravano applaudire quella passione giovane e travolgente.

Non ci vedevamo tutti i giorni, ma io sapevo che sarebbe tornato. Quell'attrazione che sentivo reciproca ci legava senza bisogno di appuntamenti, telefonate o parole. Di tempo per parlare in realtà non ne cercavamo più molto, quello passato assieme era fatto solo di mani, di carezze, di spasimi e di baci ancora più adulti.

Ricordo come mi fossi soffermata, un giorno che non ci eravamo visti, a pensare a ciò che mi stava succedendo.

Non volevo dare un nome a quelle sensazioni: passione piuttosto che amore, sentimento eterno e indistruttibile piuttosto che attrazione epidermica o banale cotta estiva.

Desideravo solo, molto onestamente, interrogarmi quasi per gioco, per curiosità. Ero stata così impegnata a scoprire quella parte di vita sconosciuta e coinvolgente che, forse, quel bellissimo ragazzo era diventato solo un mezzo per farlo. Non volevo che fosse così, volevo fosse amore, ma non avevo saputo rispondermi.

Poi la faccenda aveva perso d'importanza.

Tutti erano felici: i miei cugini perché mi vedevano rifiorire ogni giorno, lui perché stava bene con me e me lo diceva in continuazione – non "ti amo" ma "sto bene con te" –, e io perché in quel momento avevo tutto quello che mi serviva per sentirmi viva, e questo mi bastava.

Poi era arrivato il momento di partire, di tornare a Milano.

L'estate era finita, per me, perché lì era ancora tutto un fermento di partenze e arrivi, di corpi abbronzati e odorosi di oli solari.

"Domani parto" gli avevo detto.

Lui non aveva parlato, mi aveva presa tra le braccia e avevamo fatto l'amore in un modo nuovo, violento, quasi ci volessimo divorare per portarci dentro una parte dell'altro.

Quello che ci circondava aveva avuto sempre un'importanza quasi primaria per i nostri incontri. Assaporavamo l'odore forte del mare che faceva da sfondo alle nostre parole senza suono. Assorbivamo il caldo soffocante che si appiccicava al corpo come una seconda pelle e la brezza delle sere mosse dal fiato che arrivava dall'orizzonte. Contavamo le stelle o le nuvole che giocavano illuminate dalla luna che cercava di liberarsi e primeggiare.

Quella sera no. Avremmo potuto essere sull'onda più alta o in mezzo al deserto, non avrebbe fatto alcuna differenza. C'eravamo solo noi. Fino a che l'avevo salutato, senza parole.

Il programma per la partenza era fissato per l'ora di pranzo del giorno successivo. Ci eravamo già messi d'accordo che ci saremmo visti la mattina per scambiarci gli indirizzi. Quella sera non poteva essere sciupata da simili banalità. Ma la banalità e la casualità sono sempre in agguato.

Mi ero avviata verso casa. L'ora era la solita e sapevo che mi avrebbero accolta la penombra fresca e il silenzio, perché i miei ospiti si attardavano a sistemare il locale prima di rientrare.

Ma quella sera le finestre erano illuminate come un albero di Natale. Avevo allungato il passo e, aperta la porta, mi ero trovata davanti i miei genitori. La sorpresa mi aveva fatto dimenticare la serata appena trascorsa. Loro erano piacevolmente sconvolti dai cambiamenti che stavano leggendo sul mio corpo: ero ingrassata e abbronzata, e l'indifferenza nel mio sguardo era solo un ricordo.

Ci eravamo abbracciati, poi era arrivata la notizia: "Dobbiamo partire subito, appena arrivati i cugini; hai solo il tempo di fare la valigia…".

Questo era tutto quanto mi era rimasto nella mente. Le varie spiegazioni non mi interessavano, non mi appartenevano.

Mentre parlavano, io pensavo al sistema da escogitare per avvisare il mio uomo, ma non mi aveva dato un recapito, solo Genova, e Genova è grande.

Poi mi ero trovata in macchina, senza rendermi conto di quanto fosse successo nel frattempo. Solo un pensiero dominava: non avevo trovato una soluzione al mio problema. Non volevo, davanti ai miei, trasformare i cugini in intermediari, poiché questo significava dover dare spiegazioni che non intendevo dare. L'avrei fatto da Milano appena arrivata.

Mi sembrava impossibile, ma durante "il pomeriggio delle confessioni" avevo raccontato tutto questo al mio amico pittore dalla treccia sale e pepe. Improvvisamente mi ero ricordata il suo sguardo: smarrito, stravolto, eloquente più delle labbra, che continuavano a restare chiuse. Allora quello sguardo lo avevo solo visto, ora me lo ricordavo perfettamente. Che strani scherzi fa la mente.

XII

La luce fredda della luna, spuntata da dietro una delle montagne che circondano la clinica, mi aveva riportata a galla verso la spiaggia che in quel momento era la camera dove vivevo e lavoravo, lontana anni luce dal litorale di Portofino. E lì, sul letto, c'erano quelle schegge nere, allineate come soldatini su un campo di neve, che pretendevano di nuovo la mia attenzione e ci stavano riuscendo benissimo, soprattutto quattro soldatini isolati, quasi minacciosi.

Rosa.

Tu eri Rosa, la mia Rosa, la Rosa delle onde, del prato sotto il faro, dell'amore più appassionato che avessi mai fatto e che non ho più fatto. Come avevo potuto non riconoscerti? Ma era capitato anche a te. Mi parlavi di un lui e stavi parlando di me. Mi raccontavi le vostre notti ed erano le nostre. Forse è il tempo che ha cambiato, nella nostra mente, i volti di quei ragazzi. Sono passati vent'anni o poco più. Ho impiegato un attimo per fare questi calcoli e altrettanto per rievocare la mia Rosa di allora, minuta, dai capelli cortissimi e dagli occhi enormi, una Rosa che era mutata sotto i miei occhi e le mie mani giorno dopo giorno, una Rosa che non volevo sciupare con racconti sulla mia vita complicata e su quello che facevo per racimolare quattro soldi. Ti avrei raccontato tutto se un giorno avessimo parlato di un "per sempre". Allora volevo rimanesse tutto così.

Ti guardavo e piano piano non ti ascoltavo più. Facevo ritornare a galla quella ragazzina, levandoti di dosso pagine e pagine di vita che ti avevano fatta tanto cambiare e piano piano saltava fuori la mia appassionata Rosa. Non avevo la forza di parlare, non ci riuscivo proprio. Non so più se stavo rivivendo quell'estate attraverso le tue parole, che non mi sembrava di udire, o attraverso i miei ricordi. Ma era lì davanti a me con tutta la sua intensità e io ci nuotavo felice di ritrovarmici.

Io in questa nuova vita non ti ho mai chiamata per nome, sei sempre stata "la dottoressa bionda", "bionda", "ehi, ciao come va", non ci siamo mai presentati formalmente. E anch'io per te sono sempre stato "il pittore", ma un nome ce l'ho, Ron.

La meraviglia e il piacere di averti ritrovata non aveva fatto tacere una domanda — Perché quello sfogo, quel giorno, con tanta disperazione nella voce e il bisogno di arrivare a una conclusione? — Era quella la mia impressione, che tutto quel parlare avesse uno scopo ben preciso. Ma quale?

"Tu sei Ron". Avevo puntato il dito verso i fogli dando a loro la sua identità. Anch'io non l'avevo riconosciuto. Si era nascosto bene dietro barba e capelli. È vero, da quando ci eravamo incontrati, i nostri nomi erano rimasti sepolti assieme alla nostra vita precedente.

Poi la realtà, la nuova realtà, mi aveva colpita come una slavina che si fosse staccata all'improvviso dalla montagna del mio vissuto. Avevo affidato a lui tutti i miei ricordi, senza minimamente sospettare che proprio lui fosse l'altro protagonista della storia.

XIII

Ed ero tornata a Milano, vent'anni prima, dopo la vacanza a Portofino, alla disperata ricerca di un modo per rintracciare Ron, che era rimasto là senza mie notizie, come fossi sparita nel nulla.

La fortuna pareva avermi assistito, all'inizio.

Avevo telefonato ai miei cugini due giorni dopo il mio arrivo, con la scusa di farli partecipi della nostalgia che provavo per i giorni trascorsi con loro al mare, e così, con la massima indifferenza possibile, avevo chiesto se avessero visto quel ragazzo che avevo conosciuto facendomi passare per una loro cameriera.

Loro mi avevano risposto che era passato proprio la mattina seguente la nostra partenza, aveva spiegato che doveva ridarmi una cosa che avevo perso la sera precedente e non sapeva come rintracciarmi. Era sembrata una scusa banale ma, sapendo che ci eravamo frequentati, gli avevano dato il mio indirizzo.

Purtroppo non sapevano dove abitasse.

Se n'era andato senza dar loro la possibilità di spiegargli che ero dovuta partire all'improvviso, per un'emergenza familiare.

Non l'avevano più rivisto.

Ora sapevo che lui poteva rintracciarmi, volendo.

Avevo trascorso giorni aspettando un qualcosa, che non sarebbe mai arrivato.

In compenso erano arrivate le nausee, un sonno che mi appannava la mente e la convinzione di essere malata.

Non volevo provocare l'apprensione dei miei con problemi che, ero sicura, si sarebbero risolti da soli, e così avevo taciuto, lasciando che il tempo passasse e guarisse il mio corpo e il mio cuore che, con l'andar dei giorni, si era convinto che Ron non si sarebbe fatto più vivo.

Non mi sentivo straziata, come avevo letto da qualche parte, quando succedeva che un amore non era corrisposto, stava finendo o quanto meno attraversava un periodo incerto; ancora non sapevo dove posizionare la nostra storia.

Avevo soprattutto nostalgia della mia libertà, della fisicità che mi aveva travolta e della sana follia che avevo vissuto.

Non avevo voluto fare altri passi per ritrovarlo.

Se era destino che tutto dovesse finire così, dovevo accettare la situazione e andare avanti.

Il tempo passava e, dal momento che tanto piccola e innocente non ero, avevo iniziato a sospettare e poi ad avere la certezza che quello che mi sentivo non fosse niente di patologico.

Ero incinta.

Non avevo amiche intime con cui confidarmi. Non avevo un mio uomo al quale dare la bella notizia e la sola idea di annunciare il lieto evento ai miei mi riempiva di angoscia.

"Mamma, papà, diventerete nonni. Peccato che io non abbia un marito o, quanto meno, un uomo. Siete contenti?".

Terribile, sarebbe stato terribile, in qualsiasi modo avessi comunicato la notizia e non osavo neppure immaginare quale sarebbe stata la loro reazione. Ma, anche se ce l'avessi messa tutta, non avrei mai indovinato quello che poi era in realtà successo.

Mi ero decisa e avevo chiesto a tutti e due di prestarmi attenzione durante una cena e, senza tanti giri di parole, avevo pronunciato le parole magiche: "Sto aspettando un bambino". Poi avevo continuato dicendomi sicura che fosse successo a Portofino tre mesi prima, perché non avevo avuto altre relazioni dopo, anzi non ne avevo avute altre da quando ero nata, che purtroppo non avevo più avuto notizie del padre, ma ero decisa a ritrovarlo e a comunicarglielo, quanto meno.

Quelle più o meno erano state le parole che mi erano uscite dalla bocca, convinta o meno che fossi del loro significato.

Ricordo ancora quel silenzio così assoluto, denso da poterlo toccare.

Le mie parole era calate come una mannaia sul mio collo, appoggiato al tavolo come fosse un ceppo.

Io avevo parlato e loro non si decidevano a farlo di rimando. Per insultarmi, per gridarmi il loro disprezzo oppure per dirmi di non preoccuparmi, che tutto si sarebbe aggiustato, ma forse questo sarebbe stato sperare troppo. Erano usciti, senza una parola, dalla sala da pranzo e mi avevano lasciata lì, sola, con quel bambino che ancora non sentivo ma c'era.

Non so quanto fossi rimasta, col vuoto assoluto nella testa. Non riuscivo a pensare, oppure non volevo chiedermi quello che sarebbe successo.

Ron, in quel momento, era un'entità eterea, un fantasma, un qualcosa che quasi non aveva niente a che vedere con tutto quello che mi stava succedendo.

Avevo faticato a metterlo da parte, a fingere di non averlo mai incontrato, ed ora non me la sentivo di tirarlo fuori dal cassetto della mia mente, di rimetterlo nella mia esistenza, non in quel momento almeno, anche perché il mio cervello si rifiutava di funzionare, di dare segni di vita.

Ero solo in attesa della sentenza, che sapevo non avrebbe tardato ad arrivare.

Infatti, dopo un tempo indefinito, erano tornati i miei genitori: "Quanto stiamo per dirti non ammette repliche. Non cercherai il padre del bambino. Andrai a terminare la gravidanza in Brianza, a casa di una nostra vecchia amica. Arrivata al termine, darai in adozione il bambino e tornerai a Milano. Non vogliamo più discutere di questo problema, ci hai delusi tantissimo, ma supponiamo che col tempo i nostri rapporti torneranno nella normalità. Partirai domani".

Erano passati venti anni circa e probabilmente non erano quelle le parole esatte, ma il senso lo era sicuramente, e comunque a me erano rimaste lì, ibernate nella mente, esattamente in quei termini.

La forza devastante di quel "supponiamo", unico termine indelebile, ancora in quel preciso istante si faceva sentire forte e chiaro, e allora aveva tolto peso a tutto il resto.

Non avevo avuto la forza di controbattere, non solo perché io stessa ero disorientata e soffocata da un evento tanto più grande di me e del tutto inaspettato, ma anche perché mi sentivo abbandonata, e l'unica certezza che mi restava era che i rapporti con i miei non sarebbero più tornati come prima. Era crollata la sicurezza di essere amata da loro in quel modo totale e profondo che mi aveva soffocata, e che in quel momento avrei voluto più di ogni altra cosa.

Ancora una volta l'ignaro padre restava ai margini, come un'ombra – ho intenzione di rintracciarlo – tu non lo rintraccerai – era tutto il peso che aveva avuto nella decisione finale.

Ma io non volevo finisse così.

Avevo fatto le valigie in fretta, perché volevo andarmene subito da una casa che aveva ripreso a opprimermi, anche se in termini diversi: non per troppo amore ma per troppa indifferenza e freddezza.

Mi sarei recata in campagna, come volevano loro, poi sarei tornata a Portofino: lì sicuramente avrei rivisto Ron e, quanto meno, gli avrei parlato. Forse avremmo trovato una soluzione.

Ma non era così che sarebbe andata.

Ecco lo scopo che "il mio pittore" aveva letto tra le righe del mio parlare. Avevo bisogno di confidare finalmente a qualcuno il mio segreto, tutto, fino in fondo.

E l'avevo fatto proprio con il padre.

Adesso dovevo scoprire quale reazione aveva avuto alle mie parole.

Lui non ne aveva pronunciate, ma ora lo avrebbe fatto attraverso la carta, quella carta preziosa che mi stava tra le mani.

Tu avevi continuato a parlare, del tutto ignara di quanto mi stava succedendo. Non solo avevo ritrovato Rosa, ma avevo scoperto di avere anche un figlio. Io che non mi ero mai sposato, che non avevo mai cercato la responsabilità enorme di creare un altro io, che pensavo di essere solo al mondo. Ero io, il padre, l'ombra, come mi avevi chiamato tu. Un'ombra in carne e ossa. Dovevo dirtelo, ma non potevo, non riuscivo. Non avrei potuto emettere neppure un suono, figuriamoci una serie di parole così importanti. Non pensavo alla reazione che avresti potuto avere tu. Non volevo però che ti interrompessi, perché sarebbe stato inevitabile se io ti avessi detto chi ero. Sicuramente il tuo sfogo avrebbe subito delle svolte impreviste e io volevo che tu proseguissi, come se nulla fosse cambiato attorno a te. Io dovevo continuare a essere parte della natura che ti circondava e ti ascoltava senza interromperti, senza farti domande. Non avevo fatto fatica, perché ero impietrito, proprio come un pino, un sasso, il muro della mia casa. Non ero più un essere pensante e parlante: ero un qualcosa che voleva solo ascoltare. E mille domande volevano uscire dalla mia bocca, che tuttavia restava inesorabilmente serrata. Dov'era quel bambino, era vivo, perché non era lì con te, avevi davvero avuto il coraggio di darlo a qualcuno che non conoscevi, senza la possibilità di vederlo crescere e perché non avevi fatto l'impossibile per rintracciarmi. Non so, ma forse davvero avremmo trovato una soluzione. Ero stato così poco importante per te…

Ecco, l'avevo scoperto.

Non mi aveva delusa la sua reazione: era stata giusta, perfetta, considerata l'enormità di quello che era venuto a sapere.

Normale era stato anche il suo silenzio.

Doveva assorbire le mie parole, non avrebbe potuto essere immediata la sua risposta, anche perché non c'era stata una domanda, ma uno sfogo che doveva essere fine a se stesso.

Adesso era il mio turno.

Io dovevo prendere fiato e riordinare un po' le idee.

Quella sicuramente sarebbe stata la notte più lunga della mia vita.

Mi sembrava fossero passate ore e ore, invece i miei primi diciassette anni di vita erano stati riassunti in un tempo relativamente breve.

La notte era ancora fonda e l'alba dormiva ancora sonni tranquilli, beata lei. Il silenzio era totale, il mondo lì attorno stava vivendo il suo momento più pacifico, mentre io ero sul punto di rivivere il periodo più tormentoso della mia esistenza.

Desideravo disperatamente un po' di vuoto mentale per darmi una tregua, ma sentivo come un brusio di sottofondo che non mi dava pace.

Quello che mi era successo era rimasto chiuso troppo a lungo e, dopo che era tornato a galla quel pomeriggio, aveva preso vita come un altro essere dentro di me che voleva dire la sua, dare delle risposte, essere ascoltato.

Probabilmente a Ron erano sfuggite le ultime parole della mia confessione. Si era chiesto come mai non avessi fatto l'impossibile per cercarlo.

Io l'avevo fatto il possibile e l'impossibile, ma lui era sparito nel nulla.

Ecco di nuovo quel dialogo, impossibile, ma inevitabile, con quello che era stato il mio amico in un passato recente e il mio amante in un passato remoto e sepolto.

XIV

I miei mi avevano accompagnata in Brianza da una signora anziana che abitava in una villa persa nel verde. Non sapevo chi fosse e nemmeno mi interessava. Probabilmente apparteneva a un loro passato che non conoscevo. Era una donna piccola, di età indefinibile, di poche parole, dallo sguardo penetrante e freddo.

Questa era stata la prima impressione che ne avevo avuto, un riflesso automatico perché in realtà quello che interessava a me era scoprire se mi sarebbe stata complice nel cercare Ron, oppure se avrei dovuto fare tutto da sola.

Dovevo darle e darmi un po' di tempo, dovevo agire con calma, anche se in tempi non troppo lunghi.

I miei mi avevano accompagnata lì e se ne erano andati con un saluto freddo, quasi stessero dicendo arrivederci ad un'estranea.

Avevo dato loro una seconda chance dopo quella prima discussione in salotto e a quel punto sapevo che nulla sarebbe tornato più come prima. La loro bambolina si era rotta e a loro non interessava rimettere assieme i cocci, non per il momento almeno, ma se fosse tornato il momento per loro, non sarebbe stato lo stesso per me. Io avevo bisogno di loro subito, dopo sarebbe stato troppo tardi.

Ed era iniziato il mio soggiorno forzato nella campagna lombarda.

Ricordo che nel breve tempo trascorso tra la discussione e la partenza avevo preso delle decisioni.

Sapevo per certo che avrei rintracciato Ron, che lo avrei convinto a provare a dividere la vita con me e il nostro bambino, che avrei continuato a studiare.

Avevo passato i primi giorni di permanenza in quella splendida enorme villa a studiare la mia ospite e sembrava che anche lei facesse altrettanto. Non c'eravamo conosciute prima di allora e non sapevo se i miei, in altri momenti, le avessero parlato della mia esistenza e in che termini. Non c'erano molte parole tra noi, ma sguardi, gesti cortesi e una calma piatta, innaturale, che non poteva durare a lungo.

Infatti un giorno era arrivata inaspettata la tempesta liberatoria.

Non mi ero sentita bene tutta la notte, ero spaventata, era la prima volta che mi succedeva, mi girava la testa, avevo una nausea fortissima, mi tremavano le gambe. Avevo bisogno di avere vicino qualcuno che mi confortasse, che parlasse con me, che mi spiegasse quello che mi stava succedendo. Non avevo pensato alla persona che mi ospitava, non si era ancora instaurato tra noi alcun rapporto, che mi facesse desiderare un qualche avvicinamento. Così mi ero alzata all'alba, ero scesa in cucina, decisa a telefonare a casa, anche se non sapevo cosa aspettarmi, probabilmente nulla di buono, ma sempre meglio del niente che avevo attorno.

Guardavo il telefono senza decidermi ad alzare la cornetta, quando avevo avvertito qualcuno dietro me e, giratami, mi ero accorta che si trattava della padrona di casa.

Lo spavento, il sollievo di non essere più sola, la tensione che era arrivata al culmine, tutti questi sentimenti mi avevano fatta scoppiare improvvisamente in lacrime, senza preavviso, senza il pizzicore premonitore, così, come la piena di un fiume.

Lei mi aveva presa tra le braccia, in modo naturale e istintivo, senza una parola e io avevo potuto finalmente piangere, avevo potuto allentare quella tensione tremenda che mi aveva ridotta di nuovo a un sasso senza reazioni.

Avevo un essere umano accanto, ed era una bella sensazione il suo sguardo su di me, che non mi sembrava più penetrante e freddo, così, piangendo, le avevo raccontato tutta la storia, senza che me lo chiedesse, perché volevo avesse la mia versione e non quella che, probabilmente, le avevano riferito i miei genitori.

Avevo parlato, parlato non so neppure io quanto a lungo, ma quando avevo smesso il sole inondava la stanza e io stavo bene di nuovo e come non mi sentivo da un pezzo.

Ricordo che quella piccola donna non aveva fatto commenti, al termine del mio sfogo: si era limitata a dirmi che, se volevo andare a Portofino per rintracciare il padre del bambino, potevo farlo tranquillamente, lei mi avrebbe aiutata come poteva e mi avrebbe coperta, nel caso avessero telefonato i miei. Io avevo la netta sensazione che purtroppo o per fortuna in quel caso, i miei genitori non si sarebbero fatti vivi.

Avevo almeno trovato una nonna piena di attenzioni, proprio quello di cui avevo bisogno in quel momento.

Le ero grata per tutto e, prima che potesse cambiare idea, mi ero organizzata per la partenza. L'unico problema sarebbero stati i cugini dei miei, ai quali dovevo per forza rivolgermi per iniziare a cercare Ron.

XV

Milano, Chiavari, un pullman di linea ed ero di nuovo in quello splendido posto.

L'inverno, ormai alle porte, non gli aveva tolto neppure un po' della sua bellezza, anzi.

La piazzetta deserta, senza turisti chiassosi e illuminata dal sole non più accecante, sembrava un gioiello. I pescatori, padroni di nuovo del loro spazio, chiacchieravano aggiustando le reti. I camerieri sistemavano svogliati i tavolini rimasti sull'acciottolato e si raccontavano le avventure estive. Il mare chiacchierava tranquillo anche lui, senza l'assillo delle grandi barche che l'avevano sporcato durante tutta l'estate.

Io me ne stavo lì, come una stupida, con la mia valigia ai piedi, ad assaporare quel dipinto naturale che mi stava riportando al mio mese di passione che ora stavo pagando a caro prezzo.

Avevo deciso di recarmi direttamente a casa dei cugini.

Se non ci fossero stati li avrei aspettati, e poi avrei deciso cosa e come raccontare quanto mi era successo. Forse loro erano già al corrente di tutto e mi avrebbero ostacolata, ma non potevo saperlo fino a quando li avessi visti.

Avevo bussato all'uscio della vecchia casa ma nessuno mi aveva risposto, così mi ero seduta sui gradini esterni e, appoggiata la schiena al muro di pietra, avevo chiuso gli occhi. Era ormai l'ora di pranzo ma non avevo fame, ero stanca e rilassata.

Avevo respirato la salsedine mescolata all'odore dell'olio fritto, dell'anice, delle olive. Avevo ascoltato la cantilena delle onde sui sassi, l'abbaiare lontano dei cani delle ville sparse sulla collina, le chiacchiere dei locali che avevano ripreso il loro paese dopo l'assalto estivo. E mi ero addormentata. Avevano provveduto a svegliarmi i padroni di casa, con un "Ma cosa ci fai qui?" Meravigliato e tenero allo stesso tempo.

Dovevo aver dormito non poco, perché il cielo era già indaco e il giaccone non riusciva più a ripararmi dall'umido, che arrivava dal mare e che mi aveva arrugginito le articolazioni, che avevano iniziato a cantare dolorosamente, quando mi ero alzata per abbracciare i nuovi arrivati.

Quel "è tanto che non sentiamo più i tuoi" mi aveva fatto comprendere all'istante che loro non sapevano nulla di quanto mi fosse successo. I miei si erano vergognati dell'accaduto e avevano osservato il silenzio con tutti, probabilmente.

Questo tornava sicuramente a mio vantaggio: non avrei dovuto dare spiegazioni, anche perché la pancia non si notava ancora; avrei dovuto solo inventarmi una scusa e fare in modo che non telefonassero a casa.

Ricordo vagamente che avevo accennato a un litigio con i miei e al bisogno di rimanere un po' sola, che loro erano al corrente e non c'era bisogno di avvisarli.

Non ho mai saputo se avessero bevuto le mie spiegazioni, avessero capito che c'era sotto molto di più o addirittura avessero telefonato ai miei genitori. So solo che mi avevano fatta entrare, mi avevano ascoltata mentre dicevo loro che probabilmente mi avrebbe fatto bene cercare di rintracciare quel ragazzo che avevo conosciuto durante l'estate, che non avevo molti amici a Milano, che lui si era dimostrato tale durante quel periodo e che forse mi sarebbe stato vicino anche in quel momento un po' complicato della mia vita.

Ricordo ancora il loro sguardo, tenero, dolce, comprensivo, probabilmente pensavano ad una cotta non risolta, che io desideravo rinverdire nonostante l'incanto dell'estate fosse passato da un pezzo.

Però non mi avevano dato buone notizie: non avevano più visto Ron, se non di sfuggita qualche volta verso il finire dell'estate.

Non volevo arrendermi appena arrivata e avevo deciso che mi sarei messa all'opera subito il giorno dopo; ormai era troppo tardi, fuori il buio aveva nascosto il mare e la stanchezza non mi aveva abbandonata, nonostante il sonnellino pomeridiano sui gradini di casa. Così mi era lasciata coccolare, avevo cenato con loro e mi ero scaldata le ossa e il cuore accanto a visi amici; con la scusa della stanchezza, che poi tanto una scusa non era, me ne ero andata a dormire subito dopo cena, levandomi da altre chiacchiere che avrebbero potuto portarmi su terreni pericolosi.

Ricordo ancora perfettamente che il giorno seguente mi ero svegliata col frastuono delle onde sugli scogli e i tuoni che rompevano il cielo, nero come la pece.

Portofino, inquadrata dai vetri della camera, era deserta e spazzata da un forte maestrale; se fossi stata superstiziosa avrei avvertito la situazione come negativa, ma non mi era capitato, anzi quella natura in movimento e quei colori forti, il verde del mare, il bianco e il grigio scuro delle nuvole, il marrone dell'acciottolato reso lucido dall'acqua delle onde che arrivavano fin lì, mi avevano dato una sferzata di energia, una voglia di arrivare in fretta a una soluzione, quale essa fosse.

Ero partita da un bar dove i miei parenti mi avevano detto di avere visto spesso Ron, dopo la mia partenza, prima che loro si recassero al lavoro, nel tardo pomeriggio.

Non pioveva ancora, ma il solo percorrere pochi metri mi aveva ridotta a un pulcino bagnato dagli spruzzi salati che arrivavano dal mare arrabbiato.

I tavolini erano stati ritirati e le porte di vetro ben chiuse contro le intemperie. All'interno mi avevano accolta un bel tiepidino e gli sguardi curiosi dei due camerieri che stavano chiacchierando per passare il tempo. Non era stato semplice spiegare loro chi stavo cercando di rintracciare, probabilmente non avevano neppure conosciuto Ron, che doveva essere stato solo un cliente come un altro. Invece, dopo una serie di sguardi vuoti alla ricerca di un volto tra mille, all'udire il suo nome si erano rianimati e all'unisono mi avevano detto che certamente lo avevano conosciuto, che non era proprio un loro cliente, ma quasi un amico.

Così, parlando con quei ragazzi, che mi avevano accolta come un piacevole diversivo in quella giornata tempestosa, avevo ritrovato il mio ragazzo dell'estate, il mio amante, il padre del mio bambino, insomma non proprio lui in carne e ossa, ma la sua essenza, l'alone misterioso del quale si era circondato anche con loro, ragazzi come lui, con i quali avrebbe potuto confidarsi, aprirsi, invece non l'aveva fatto, parlando solo delle sue giornate, delle sue vendite, insomma di nulla che potesse andare appena sotto la superficie della sua vita.

E poi avevo saputo che abitava a Genova, in una via del centro vecchio, a loro almeno aveva dato un indirizzo dove avrebbero potuto rintracciarlo alla fine dell'estate, quando probabilmente non avrebbe più bazzicato da quelle parti. Non aveva mai fatto il mio nome con loro, nemmeno quando l'estate stava per finire e io me ne ero andata a Milano, come se non fossi mai esistita. Quella notizia mi aveva fatto male: non solo non aveva mai avuto voglia di parlare di me quando ci frequentavamo, ma neppure quando me ne ero andata e la nostalgia avrebbe dovuto essere forte almeno quanto quella che provavo io, in una città che non sentivo più mia.

Non avevo pensato a quali sarebbero stati i miei sentimenti nei suoi confronti, se non fosse successo quello che era invece capitato; forse anch'io l'avrei messo in un angolino della mia memoria e l'avrei abbandonato lì, dimenticandolo a poco a poco.

Non dovevo comunque farmi prendere da pensieri negativi.

Sarei andata a Genova, l'avrei rivisto e tutto si sarebbe risolto. – Non tutti hanno voglia di raccontare i fatti propri agli altri. – Questa doveva essere la spiegazione, senza alcun dubbio.

Così, dopo aver bevuto una cioccolata calda, gentilmente offerta dai miei interlocutori, e aver chiacchierato ancora un po', ero uscita per tornare dai miei ospiti.

XVI

Anche in quel momento, in quella stanza rischiarata dalla luce debole di una lampadina, mentre la mia vita stava scorrendo come un film davanti ai miei occhi, il ricordo della luce accecante che mi aveva accolta all'uscita di quel piccolo bar era quasi reale, come se il "sole dopo la tempesta" mi avesse raggiunta anche lì, per svegliarmi, per dirmi di smettere un attimo di sognare, di prendere fiato.

E io gli avevo dato retta.

Avevo sentito il bisogno di camminare, di scaricare in qualche modo la tensione che si stava accumulando nella mia mente stanca.

Forse mi sarebbe bastato un po' di ossigeno.

Avevo indossato una giacca pesante ed ero uscita dalla stanza per immergermi nell'odore di medicinali, giù per le scale ancora silenziose e in penombra.

Il portiere mi aveva guardata come si guarda un essere uscito dalle tenebre all'improvviso, ma non aveva fatto commenti, mi aveva solo salutata con un cenno e aveva ripreso a leggere.

Io mi ero ritrovata nell'aria umida e muschiata della notte.

Non mi ero fermata, i piedi mi avevano portata verso il lago. Giunta, mi ero seduta su un sasso, poco lontano dall'acqua leggermente mossa dalla brezza proveniente dalle montagne illuminate dalla luna.

All'improvviso mi ero accorta che tra le mie mani erano rimasti i fogli pieni di quella vita che si stava incastrando sempre più con la mia. Avevo una lampadina naturale sopra la testa, così mi ero rimessa a leggere…

Ero riuscito a tacere e ad ascoltarti ancora, ed ero riuscito a placare la mia ansia. Non mi avevi escluso dalla tua vita e non avresti voluto farlo neppure da quella di nostro figlio. Nostro figlio… Ancora non riuscivo a credere che fosse vero, forse mi ero sbagliato, avevo capito male, io non entravo in tutta quella faccenda. Ma, a mano a mano che tu continuavi nel tuo sfogo, i miei dubbi svanivano e avanzava la certezza che io fossi la terza pedina, all'epoca mancante e ora presente, anche se a tua insaputa. La mia attenzione non era mai venuta meno durante tutto il tuo racconto, ma ora era presente più che mai. Bevevo le tue parole, volevo sapere tutto, recuperare tutte le sensazioni perse, sapere ogni tuo passo, conoscere i tuoi sentimenti di allora verso di me e verso quello che di concreto era successo tra noi, e ancora di più non volevo interrompere il flusso di quelle notizie preziose, anche se mi rendevo conto che era estremamente egoistico da parte, mia perché invece avrei dovuto parlare, dirti la verità. Ma in quel momento non volevo, l'avrei fatto più tardi, dopo aver scoperto tutto quello che ti stava nel cuore e continuava a uscire, senza badare a me.

Conoscevo comunque il risultato delle ricerche del tuo uomo a Portofino. Sarebbero state vane. Io ero già partito, da non molto, ma per andare lontano, in un altro porto, sempre al seguito di mio padre e di un lavoro.

Era vero.

Non lo avevo trovato il giorno dopo, quando mi ero recata a Genova nella via che mi avevano indicato quei ragazzi.

Avevo posato i fogli sulle ginocchia e avevo ripensato a quella terribile giornata.

Il tempo continuava a fare i capricci e il mio fisico aveva iniziato ad averne abbastanza. Il vento spazzava le strade percorse dai pochi passanti che probabilmente non avevano potuto fare a meno di uscire dalla loro case protette e riscaldate. Raffiche di pioggia si alternavano a sprazzi di sole che, con le sue uscite e scomparse improvvise, poteva solo accecare e dare un estremo fastidio.

La ricerca della via era stata estremamente difficoltosa. Nascosta nel dedalo delle viuzze nei pressi di via Prè, era sconosciuta a tutte le persone alle quali mi ero rivolta, fino a che un commerciante di robivecchi me l'aveva indicata e aveva aggiunto, in genovese stretto, di stare attenta che non era una via adatta a una ragazza per bene come me. Non mi ero fatta scoraggiare, non dopo essere arrivata fino a quel punto.

Ero così felice di essere giunta alla meta, che non mi avrebbe fermata nessuno, neppure la paura che mi aveva assalita all'improvviso, non per i luoghi ma per quello che avrei detto una volta davanti al padre di mio figlio.

Appena arrivata non mi ero neppure accorta dell'aspetto decisamente decadente della casa: l'avrei notato dopo, dopo la delusione, dopo il senso di vuoto e solitudine che mi avrebbe colpita come un masso.

Ero entrata e a quel punto non sapevo dove andare, a chi chiedere, dal momento che l'intero caseggiato sembrava deserto.

Poi, dal nulla, era uscita una donna, dall'età indefinibile, col volto scavato da rughe profonde, con vestiti stinti dal tempo e dall'usura.

Avevo notato tutto questo forse perché stavo riprendendo contatto con la realtà, visto che quella persona mi avrebbe fatta incontrare con l'uomo che cercavo, subito o più tardi, ma sarebbe successo.

Invece era arrivata la doccia fredda.

"Se ne sono andati, tutti, per sempre, qualche giorno fa. Hanno portato via ogni cosa. Io lo so, perché ero l'unica persona con la quale parlavano, l'unica che hanno salutato. Gente chiusa, di poche parole. No, non so dove si sono trasferiti, forse non lo sapevano neppure loro".

Finita la ricerca, finita la speranza di un futuro a tre, finito tutto.

Sicuramente le parole esatte non erano state quelle, anche quella donna si era espressa in dialetto stretto, ma il senso era limpido come l'acqua in un bicchiere. Sicuramente non era una persona avvezza a socializzare o a interessarsi più di tanto dei sentimenti altrui. Non dovevo avere un aspetto splendido, eppure dopo quelle frasi essenziali mi aveva lasciata lì, senza un saluto, senza un'altra parola: se ne era andata. Anche lei avrebbe potuto essere stata un'apparizione, un fantasma, invece era reale, come reale ed estremamente triste era quello che avevo appena appreso.

Ormai era pomeriggio tardi. Il buio avanzava inesorabile assieme al freddo, alla mia disperazione e alla mia delusione. Mi ero rivista seduta sui gradini consumati con la testa tra le braccia, non a piangere, forse a cercare conforto, calore. Poi ero uscita, avevo telefonato da una cabina ai miei cugini per farmi venire a prendere, perché non avrei avuto la forza di tornare a Portofino da sola, a quell'ora e con quel peso nel cuore.

XVII

Di nuovo nel presente e in quella notte piena di ricordi me l'ero presa con lui che per egoismo aveva taciuto, come aveva ammesso nei suoi scritti e non mi aveva impedito di rivivere quei momenti terribili, da dimenticare. Questa volta mi aveva ascoltata l'acqua del laghetto e mi aveva risposto con uno sciabordio sui sassi vicino ai miei piedi.

Non aveva senso arrabbiarmi con il mio amico, ora che era scomparso per sempre. Avrebbe avuto senso un dialogo con l'esposizione delle reciproche ragioni, ma ormai era troppo tardi.

Ma erano quelle pagine a continuare a parlare per lui.

Ti guardavo mentre mi raccontavi il tuo arrivo a Genova. La delusione di non avermi trovato aveva celato quella di aver scoperto dove abitassi e chi fossi. Un poveraccio, in un rudere, in un quartiere povero dove una ragazza per bene come te sarebbe stata in pericolo. Ecco perché non ti ho mai raccontato la mia vita oltre il nostro stare insieme. Sai, quando sono andato dai tuoi cugini avevo veramente intenzione di rintracciarti, avevo capito che non eri scomparsa nel nulla senza un motivo, ma il mio orgoglio mi ha bloccato quando ho saputo il tuo indirizzo a Milano. Quella via sapevo perfettamente dove fosse e quanto lusso celasse dietro quei muri antichi e pieni di storie di famiglie patriarcali. Milano l'avevo amata tanti anni prima di conoscere te, quando io e la mia famiglia avevamo trascorso lì un periodo della nostra vita girovaga. Non avevo voluto farmi amici, sapendo che avrei dovuto lasciarli poco dopo, così mi divertivo, nel tempo libero, a girarla in lungo e in largo, scoprendone i luoghi più caratteristici. Brera, Porta Romana, Porta Genova, Porta Vittoria e le vie tanto lussuose proprio dove abitavi tu. Quella era una zona che mi aveva affascinato tanto. La riempivo, con la mia fantasia, di storie fantastiche di gente ricca senza problemi. Ed ora la mia fantasia si era tramutata in realtà nella tua persona e la cosa mi aveva terrorizzato. La fantasia e la realtà devono restare ben divise, non devono mai mescolarsi, confondersi, era quello che mi ero sempre riproposto. Era pericoloso entrare in un sogno per farne parte, entrambi ne sarebbero stati contaminati in modo negativo. La realtà, davanti alla bellezza dell'irreale, sarebbe diventata ancora peggiore e il sogno sarebbe stato sporcato dalla bruttura della realtà, perdendo la sua magia. Così sono scappato, dai miei sentimenti per te e dalla voglia di rivederti, persino da quella di parlare di te con chiunque. Ho persino accolto con gioia la notizia che ci saremmo trasferiti per l'ennesima volta per andare addirittura a Marsiglia, in Francia. I miei genitori pensavano fosse la meta a non aver provocato le mie solite lamentele, ma quasi una gioia sottile, invece non mi importava alcunché del luogo, volevo solo andarmene da Portofino il più in fretta possibile, quasi quello fosse l'unico sistema per allontanarmi definitivamente dalla voglia di rintracciarti, di rivederti, un sistema ottimo per cancellare il mese trascorso assieme. Tu mi avresti dimenticato e forse sarebbe successo, se non fosse nato qualcosa, o meglio qualcuno, dalla nostra storia, e io ti avrei ricordata come una parentesi che sarebbe sbiadita col tempo. Un po' è successo, anche se non nei tempi brevi che avevo preventivato. La tua pelle, la tua fisicità, le tue risate mi hanno perseguitato per molto più tempo di quanto avessi pensato possibile, ma poi piano piano sei sfumata nei ricordi riposti nel cassetto, fino a quando ne sei uscita oggi, del tutto inaspettata, come una sorpresa molto più grande del cassetto. Te le stavo riferendo tutte, queste esplosioni della mia mente: dovevi sapere, dovevi capire. Adesso

il mio egoismo doveva andarsene per lasciare il posto a un atteggia-
mento consolatorio che ti dovevo, anche se non sapevo ancora cosa avevi
deciso riguardo al bambino. Sicuramente l'avevi tenuto, cresciuto, forse
ti avrebbe raggiunto a giorni, avrei potuto conoscerlo. Avevo aperto la
bocca, ma tu avevi ripreso a parlare con più foga di quanta ne avessi
messa fino a quel momento.

XVIII

Non sentivo il freddo che scendeva dalle montagne e il leggero vento gelido, che increspava l'acqua ma avrebbe fatto accapponare la pelle a chiunque si trovasse lì in riva a quel laghetto, in quel momento.

Mi bruciava il viso come se avessi avuto la febbre, esattamente come quando ero tornata a Portofino, a casa dei miei cugini, che mi erano venuti a recuperare a Genova, appena li avevo contattati. Non avevo parlato durante il tragitto in macchina, poi avevo solo spiegato che Ron se ne era andato e non l'avrei mai più rivisto.

Ammetto che in quel momento non so se mi spiacesse di più per la sua assenza futura come individuo, come uomo che avevo amato o come aiuto per i miei problemi, che ora mi trovavo a dover affrontare completamente sola. Sicuramente non avevo badato al luogo dove viveva e alla persona che in realtà era a mia insaputa: non era più importante.

Mi sentivo persa, da qualsiasi prospettiva si volessero considerare i miei sentimenti.

Ero stanca e avrei voluto sentirmi male al punto di vedere risolti i miei problemi senza un mio reale intervento, ma fisicamente non potevo stare meglio, la mia gioventù stava affrontando quel periodo nel migliore dei modi, a dispetto dei miei desideri inconfessati.

I miei parenti non avevano fatto domande. Avevano compreso? Non so. Probabilmente l'affetto che provavano nei miei confronti li aveva convinti che la cosa giusta fosse assecondarmi e starmi vicino, qualsiasi sentimento mi stesse tormentando. Da parte mia avevo continuato a dire loro che i miei genitori erano al corrente di quel mio soggiorno e che comunque nel giro di due giorni al massimo sarei tornata a Milano.

Volevo ancora un po' di mare, volevo ancora guardarlo mentre si rompeva sugli scogli, come si erano rotti tutti i miei progetti. Volevo vedere la schiuma che si mescolava ai sassi scomparendo, per poi tornare acqua nel mare, perché era esattamente quello che volevo succedesse a me, scomparire e tornare alla normalità di prima, quando non era ancora successo alcun fatto.

Poi ero tornata in campagna dalla mia anziana ospite, che mi attendeva fiduciosa.

Dal mio umore sicuramente doveva avere capito che la visita a Portofino aveva avuto esito negativo, ma non mi aveva assillato con domande alle quali avrei risposto solo per cortesia.

Aveva rispettato i miei ritmi, aspettando che fossi io a parlargliene, ed era successo dopo un pasto caldo, un bagno rilassante e un sonno ristoratore, all'alba, davanti ad una tazza di te fumante e a un piatto di biscottini tiepidi. Probabilmente quello è il momento della giornata che mi trova più predisposta alle confessioni, sento il mondo a mia disposizione, quando tutto il resto ancora riposa e la luce dolce e non sfacciata mi dà il giusto senso di calma, per mettere a fuoco i miei sentimenti più intimi.

Mi aveva ascoltata paziente e con l'attenzione che si riserva a un discorso serio, e il mio lo era.

La conclusione lo era ancora di più.

Le avevo detto, tutto d'un fiato, che non sapevo cosa fare, che avrei voluto fare la mamma, ma non sapevo neppure fare la figlia e non sarei stata una moglie, con un uomo al fianco che mi avrebbe potuta aiutare. Forse era giusto che mi fossi decisa per l'adozione, ma avrei voluto avere la certezza di donare mio figlio a una famiglia meravigliosa che gli avrebbe dato tutto il bene del mondo.

Quel discorso mi è rimasto impresso nella mente come lettere scolpite nella pietra, perché quelle era stata la decisione che aveva segnato una svolta nella vita mia e di mio figlio, solo di noi due perché il padre allora era svanito nel nulla e per quello non aveva alcun diritto di comparire nella "storia".

Ancora una volta mi ero ritrovata tra le braccia ossute della padrona di casa che, accarezzandomi i capelli, cercava di consolarmi dicendomi che, se lei avesse avuto qualche anno di meno, mi avrebbe aiutata ad allevare il mio bambino. Ma era tanto vecchia e stanca e purtroppo si era resa conto che i miei sarebbero stati irremovibili: non solo non mi avrebbero aiutata, ma anzi, se avessi insistito, mi avrebbero lasciata con tutte le mie responsabilità da sola, e io avevo ancora bisogno di loro, in tutti i sensi.

Sapevo perfettamente quale fosse la posizione dei miei e lei me l'aveva solo confermata. Sapevo anche che li avrei usati, fin tanto che non sarei stata autosufficiente e poi probabilmente me ne sarei andata.

Il sole stava inondando la cucina e io avevo preso le mie decisioni.

Ci avrei messo giorni, mesi per assorbirle completamente, per considerarle definitive, ma quelle erano e quelle sarebbero rimaste.

Era iniziata la mia vera gravidanza e io avevo deciso di trascorrerla nel migliore dei modi: non potevo dare me stessa come madre a mio figlio, ma, almeno gli avrei dato la salute e una serenità dentro di me che fino a quel momento non aveva potuto conoscere.

XIX

Mi ero toccata istintivamente la pancia, vuota ormai da vent'anni, come se contenesse ancora quel corpicino che proprio in quella lontana mattina, in quella cucina inondata dal sole, si era fatto sentire per la prima volta, almeno a me sembrava la prima volta, perché solo in quel momento avevo preso veramente coscienza delle mie condizioni.

La luna, sempre più alta nel cielo blu cupo, aveva illuminato la mia mano e io avevo sorriso, ritraendola e riprendendo a leggere i fogli trattenuti nell'altra.

Ecco, avevo saputo che non avrei mai potuto conoscere mio figlio. Forse eri tornata sulle tue decisioni. Avrei voluto chiedertelo, ma sapevo che, se avessi continuato a tacere, tu avresti continuato a parlare e io avrei saputo. Non avevo alcun diritto di rimproverarti scelte che forse io stesso avrei fatto al posto tuo, chi può dirlo. Diciassette anni sono un'età difficile, si può essere già adulti oppure tanto immaturi da non sapere affrontare una minima difficoltà. E non ero accanto a te, all'epoca, e nemmeno dentro la tua testa per poterti giudicare. D'accordo, nemmeno ora probabilmente avrei provato ad essere un padre, ma ti sarei stato vicino, almeno questa volta, perché stavamo arrivando alla conclusione e percepivo nettamente che mi avresti chiesto un parere, un aiuto, anche se ancora non sapevi con chi stavi parlando. Dovevo solo pazientare ancora un po' e sarebbe venuto anche il mio turno.

Certo, avevo un bisogno disperato dell'aiuto, del parere di un amico, e a quel punto avrei continuato a raccontargli il resto, anche se avessi saputo di parlare con il terzo protagonista.

L'avevo pensato ad alta voce.

Non mi meravigliavo più di quelle mie frasi dette al vento, al vento che aveva iniziato a soffiare con una certa intensità, penetrandomi nelle ossa già provate dalla posizione scomoda e dall'immobilità ormai troppo prolungata.

Il mio stomaco, a digiuno da un numero infinito di ore, reclamava qualcosa di caldo e il mio fisico un po' di moto.

Mi ero alzata ma, invece di dirigermi alla clinica, i miei passi mi avevano portata verso la casa di Ron. Giunta, avevo posato la mano sulla maniglia, come fosse un gesto usuale, e fossi sicura di trovare la porta aperta e lui che mi aspettava, seduto in cucina, con una tazza di caffè bollente.

In effetti nessuna serratura mi aveva bloccata, ma la cucina era inesorabilmente vuota, come il resto della casa, vuota, silenziosa e fredda come una tomba.

Ma non volevo andarmene.

Avevo fatto una cosa assurda, mi ero diretta verso la credenza, riempito la caffettiera e, senza pensare che poteva non esserci più l'uso del gas, avevo aperto il fornello. Una fiamma azzurrognola aveva immediatamente illuminato la stanza, rischiarata solo dalla debole luce della luna che entrava dai vetri senza persiane. L'azienda del gas non aveva ancora posto i sigilli, ma la cosa in quel momento non aveva alcuna importanza per me, tutto quello che stava succedendo mi sembrava naturale, come respirare.

Evidentemente tutto quel ricordare e quell'apprendere mi avevano fatto perdere momentaneamente l'uso della ragione, oppure avere scoperto il ruolo che Ron aveva avuto negli avvenimenti che mi erano successi mi sembrava mi desse il diritto di entrare in quella casa come sua compagna.

Non mi impressionava il fatto che lui lì fosse morto: per me, in quel momento, era ancora vivo, nei fogli che continuavo a stringere in mano. Senza lasciarli, al borbottio della caffettiera, avevo versato quel liquido nero e caldo in una delle tazzine che usavamo abitualmente e così, amaro, l'avevo bevuto, senza sentire il caldo eccessivo che mi bruciava la gola. Volevo consolazione e quel gesto un po' me l'aveva data.

Avevo lasciato la fiamma accesa, per scaldare e anche per rischiarare l'ambiente, anche se per ricordare non avevo bisogno di luce, ma di pace e lì ce n'era in abbondanza.

XX

Ero tornata con la mente in Brianza, in quella casa che all'improvviso era diventata calda, accogliente e mia, anche se non in senso reale, ma affettivo, perché era l'unica che sentivo mi appartenesse in qualche modo.

Mi ero ripromessa di dedicarmi totalmente ai miei programmi e ai progetti, e l'avevo fatto.

La vita doveva continuare come se nulla fosse successo.

Mi ero recata a Milano e mi ero iscritta alla facoltà di Medicina, secondo una scelta che avevo fatto già da lungo tempo.

Poi ero tornata altre volte, per compere e per altre commissioni, ma non avevo mai pensato di passare a salutare i miei: li sentivo solo per telefono, quando si degnavano di informarsi sulla mia salute, senza fare mai il minimo accenno alle mie condizioni, come se parlarne potesse contaminarli in qualche modo. Io mi soffermavo a pensare a quanto fossero cambiati e a quanto fosse improbabile, se non impossibile, un nostro riavvicinamento, e la cosa mi faceva un male tremendo, anche se cercavo di non ammetterlo neppure con me stessa.

Il tempo passava e l'inverno in campagna non scherzava. Stavo bene in casa al caldo, coccolata dalla mia ospite, che ormai aveva preso il posto della mia vera nonna che non avevo mai conosciuto.

Non seguivo regolarmente le lezioni, anche se facevo del mio meglio per perderne il meno possibile.

La pancia cominciava ad aumentare e io cercavo di non pensarci troppo: non potevo permettermi di affezionarmi a quel bambino che stava crescendo e che io non avrei mai visto diventare grande.

Ma l'impresa a volte era al di là delle mie facoltà mentali e psicologiche. Allora mi prendevano i dubbi e uno sconforto nero che mi faceva uscire per scaricare le mie energie in eccesso e la mia rabbia con lunghe passeggiate tra gli alberi ormai spogli e il freddo, che non rispettava neppure l'ostacolo rappresentato dai miei vestiti. Camminavo e mi stancavo fisicamente, dando tregua anche ai miei sentimenti assopiti dal sonno, che arrivava immancabile appena tornata al caldo della casa dopo l'abbuffata di freddo.

Ma, appena mi ero riposata, la mente e il cuore continuavano il loro cammino imperturbabili, facendomi sprofondare nuovamente in ondate nere che parevano risucchiarmi, e la pancia che cresceva non mi aiutava certo a tornare a galla.

Quando non riuscivo a farne a meno, pensavo alla creatura che mi cresceva dentro come a un individuo senza sesso, non a una lei o a un lui, anche perché noi due non avevamo un colloquio virtuale, come fanno tutte le mamme felici con i loro piccoli, che si agitano per far notare la loro presenza. Non facevo progetti per il suo futuro, perché l'avrebbero fatto altri al posto mio e volevo con tutte le mie forze fingere che il termine della gravidanza non sarebbe mai arrivato, che quello era tutto un incubo dal quale mi sarei prima o poi svegliata per tornare alla mia vecchia vita, senza stimoli ma, in quel momento, tanto più allettante di quella folle in cui mi trovavo.

Invece il giorno del distacco definitivo era arrivato, puntuale e inesorabile.

La mia mente aveva cancellato il dolore, la corsa all'ospedale, le ore di travaglio, la solitudine interrotta dalla sola presenza di quella donna piccola e impaurita da un evento che non l'aveva mai vista protagonista.

La mia mente aveva intrappolato solo il primo strillo che aveva fatto diventare reale quello che, fino a quel momento, era stato solo un pensiero che mi aveva sconvolto l'esistenza.

XXI

La lieve fiamma della stufa non serviva più a dare un senso di calore alla stanza, il freddo si stava facendo sentire di nuovo, quasi quanto quello che mi aveva stretto su quel lettino di un ospedale di provincia, e quello strillo lo potevo udire anche adesso, mentre rimbalzava tra quelle pareti.

Forse era per quello che mi ero diretta lì, avevo voluto portarlo a casa.

Per la prima volta noi tre ci eravamo riuniti, dopo vent'anni.

Altre volte l'avevo sentito nella mia mente e altrettante volte lo scacciavo, ma in quel momento avrei voluto che quel pianto nuovo non finisse, non si esaurisse mai.

Quell'ultimo ricordo aveva messo a dura prova la mia mente ormai esausta.

Lei aveva però continuato il cammino che aveva intrapreso, conducendomi di nuovo, come se io mi trovassi su un'altalena dal moto perpetuo, al senso di vuoto fisico e di felicità incontrollata che mi aveva presa al termine del parto. Mi ero addormentata, sfinita, con quella voce nella testa, e avevo dormito serena alcune ore.

Al risveglio, la serenità apparente di quelle poche ore era svanita all'improvviso; le sensazioni negative non se ne vanno a comando, sono lì e divorano tutto quanto sta loro attorno, lasciando una sensazione di oppressione che toglie il respiro. Non so cosa avrei fatto se non avessi visto accanto a me, apprensiva e tenera, la mia vecchietta che leggeva nei miei occhi quanto mi stava succedendo dentro.

Sapevo quali erano le regole, me le avevano spiegate dettagliatamente, anche se mentre parlavano io pensavo ad altro, come se quel discorso non fosse rivolto a me.

Dovevo firmare delle carte di rinuncia totale alla creatura che avevo messo al mondo ed era meglio che non la vedessi neppure.

Avevo fatto tutto prima di tornare sui miei passi, perché continuavo a dirmi che quella era la decisione migliore che potessi prendere e avevo accettato l'idea di non vederla.

Era giusto dire vederla, perché avevo sentito il medico mentre diceva all'infermiera che "la bambina poteva essere dichiarata adottabile a tutti gli effetti".

Quel pianto era ancora lì accanto a me, in quella casa immersa nella penombra.

Non avevo pensato ad accendere la luce, perché mi bastava quella flebile che già c'era per continuare a leggere.

Volevo sapere come lui aveva preso la notizia di essere diventato padre di una bambina.

La richiesta che mi aspettavo non era ancora arrivata, ma adesso sapevo che tu avevi messo al mondo una bambina. Mentre tu non avevi mai pensato al sesso, io, appena avevi iniziato a parlare di nostro figlio, l'avevo visto maschio. Tendenzialmente sono sempre stato un misogino, a parte brevi anche se intense parentesi, come tu ora sai; sono abituato anche a pensare al maschile al cento per cento in ogni occasione, e quindi mio figlio doveva essere un maschio. Scoprire che era una femmina, devo ammettere, all'inizio mi ha colto di sorpresa,

come se di nuovo tu non stessi parlando di me e te ma di qualcun altro;
poi la consapevolezza mi ha intenerito, al punto da inorgoglirmi. Era
quello il momento giusto per parlare, senza più aspettare il prosegui-
mento del tuo racconto, ma ancora una volta le mie reazioni avevano
preso un ritmo più lento del tuo, forse perché dovevo assimilare quanto
tu già sapevi, e ancora una volta ero arrivato troppo tardi perché tu
avevi ripreso a parlare.

XXII

Il cielo stava schiarendo, anche se l'alba era ancora lontana. Mi ero avvolta in una vecchia coperta, che avevo trovato sulla cassapanca in cucina, e avevo spento la fiammella del gas, che non mi serviva più: volevo solo quel chiarore opalescente che entrava dalla finestra.

Ero stanca, perciò avevo posato la testa sulle braccia incrociate sul tavolo e, mentre guardavo gli alberi che perdevano il verde cupo della notte per tornare brillanti, avevo ripreso a seguire il filo dei ricordi.

Una bambina. Era stata una sorpresa inaspettata, che avevo accolto quasi come il segnale di aver sbagliato tutto. Forse perché era il primo avvenimento imprevisto che capitava da tanto tempo e mi aveva dato l'impressione di un avvertimento: dovevo fare qualcosa, anche una minima cosa, ma quale non lo sapevo neppure io.

Sicuramente era il trauma che aveva subito il mio fisico per un avvenimento naturale, ma comunque pesante, che mi aveva sbilanciata anche mentalmente, ma non avevo razionalizzato questa eventualità e avevo seguito il mio istinto, cercando disperatamente e al fine trovando la soluzione per calmare quell'ansia che mi aveva assalita.

Dovevo dare un nome a mia figlia e dovevo fare in modo che fosse suo, per sempre, perché doveva assolutamente avere qualcosa di mio che la accompagnasse.

Non era semplice, il nome glielo avrebbero dato i suoi genitori adottivi, ma io dovevo tentare.

Sapevo che la mia nonnina conosceva molto bene il primario dell'ospedale, perciò, appena entrata nella mia camera per vedere come stavo dopo aver firmato le carte, l'avevo assalita col mio proposito sciorinato in mille parole, confuse al punto che avevo dovuto ripeterle tutto con calma, per farle assimilare le mie ansie, i mie propositi e le mie richieste disperate di aiuto per realizzarli.

Lei mi aveva calmata, promettendomi che avrebbe fatto l'impossibile, ma che sarebbe stata un'impresa quasi disperata.

Potevo solo sperare che fossero d'accordo a mantenere il nome le persone che l'avrebbero seguita da quel momento in poi.

Travolta dalla mia ansia, stava quasi per uscire senza chiedermi come la volessi chiamare, quando si era girata e mi aveva ascoltata:

"Genziana, la voglio chiamare Genziana".

Il suo viso si era atteggiato a una meraviglia palese e mi aveva chiesto il perché di un nome così originale. Io le avevo spiegato che sia io che mia mamma avevamo nomi di fiori, perciò, chiamandola col nome di un fiore, che tra l'altro io adoravo, mi sembrava di legarla a me in qualche modo e di farla entrare di diritto nella mia famiglia che, al di là di ogni ragionamento giuridico, era la sua, quella vera ai miei occhi.

Non potevo fare altro se non pensare che tutto sarebbe andato come io speravo e desideravo con tutto il mio cuore; comunque lei per me era Genziana e tale sarebbe rimasta per sempre, anche se il mio ruolo di mamma era iniziato e finito nel giro di qualche ora soltanto.

XXIII

Quella postura, appoggiata al tavolo, quella luce dolce e il calore sprigionato dalla coperta a contatto col mio corpo, mi avevano conciliato il sonno, le palpebre si erano fatte pesanti ma, tra le ombre delle ciglia che si stavano chiudendo, avevo avuto il tempo di intravedere proprio quel fiore blu, come un cielo di notte in piena estate, nascosto in una miriade di fili d'erba intrecciati tra loro quasi a proteggerlo, incorniciato sulla parete della cucina dove mi trovavo.

Avevo pensato di sognare, ma sapevo perfettamente di essere ancora sveglia, o quasi; avevo sbattuto le palpebre per togliere quel torpore che le aveva appesantite e, con una certa fatica, mi ero alzata per dirigermi verso quello che avevo definitivamente realizzato essere un quadro reale, di una fattura squisita, firmato da Ron con accanto una data recente.

L'avevo accarezzato e avevo pensato che quella era una riprova che il destino esiste e che inconsciamente ciascuno avverte le sue trame, anche se non ne è partecipe; per quello Ron aveva dipinto proprio quel fiore e non un altro.

Ancora non sapevo che quelle mie convinzioni sarebbero crollate rovinosamente, ma non mancava molto alla scoperta.

Comunque ormai mi ero svegliata completamente e, dal momento che era ancora molto presto, potevo continuare a leggere le sensazioni fermate su quei fogli.

All'improvviso il sorriso che mi era comparso sulle labbra alla vista di quel dipinto era svanito e un sudore freddo aveva iniziato a ricoprirmi il corpo come un secondo vestito, non scelto e non gradito.

Avevo avvertito sin dalle prime parole che il tono era cambiato, che era subentrato un qualcosa che aveva sconvolto chi le aveva scritte fin nel profondo e non avevo torto...

Tu avevi ripreso a parlare e io, dopo poche parole, avevo iniziato a sentirmi male. La mia bocca si era chiusa e io avevo ringraziato, non so chi, che fino a quel momento mi fossi limitato ad ascoltare. Sarebbe stato devastante per te sapere quanto era successo da una frase buttata là in un discorso non mirato a spiegare con calma gli eventi. Anche se la calma e la lucidità che userò ora per spiegarti non annullerà l'enormità dell'accaduto.

Mi aveva spaventata quell'introduzione che sicuramente non faceva sperare in un proseguimento migliore.

Nonostante un tremore incipiente, avevo continuato a leggere...

Lo stomaco mi si era chiuso e tutti i miei sensi si erano messi all'erta nel momento in cui tu avevi pronunciato quel nome "Genziana". Un nome troppo originale per essere comune, e quante Genziane adottate di circa vent'anni potevano esserci al mondo? Ma io volevo attaccarmi con tutte le mie forze alla speranza che il tutto fosse una coincidenza, e che se avessi continuato ad ascoltarti, come d'altronde non facevo altro da ore, tutto si sarebbe chiarito. Ma nel profondo sapevo che mi stavo illudendo. Infatti...

Ero arrivata alla fine del foglio e mi sarebbe bastato girarlo per continuare a leggere, ma non ne avevo la forza.

Lo percepivo pesante come una montagna e io mi sentivo sfinita e terrorizzata.

Non mi piaceva il tono che aveva preso quel discorso scritto, potevano essere mille le spiegazioni e sicuramente non tutte disastrose, ma io avevo la netta sensazione che quella reale non mi sarebbe piaciuta.

Dovevo solo girare quel maledetto foglio ma non ci riuscivo, anzi, mi ero alzata di botto come se avessi avuto davanti fuoco e non carta, e avevo iniziato a camminare nervosamente avanti e indietro, come una belva in gabbia.

XXIV

La mia mente era tornata ad aiutarmi, riportandomi, contro la mia volontà, sull'onda dei ricordi che mi avrebbero fatta allontanare ancora per un poco dalla realtà che avrei dovuto comunque affrontare, prima o poi.

La mia bambina era arrivata e se ne era andata con la velocità di un battito d'ali e io ero rimasta a osservare quella che sarebbe stata la mia vita da quel momento in poi.

Sola, con obiettivi ben precisi da raggiungere di indipendenza e maturità per affrontare qualsiasi altra difficoltà mi fosse capitata, senza dover giungere a compromessi come avevo dovuto fare in quell'occasione.

E ce l'avevo messa davvero tutta.

Una volta riprese le forze, ero tornata a Milano, anche se era l'ultima cosa che avrei voluto.

Ero tornata e avevo trovato inizialmente due estranei che si erano trasformati con difficoltà in conoscenti e poi in parenti di nuovo, ma non nei genitori che avevo avuto fino a prima del fattaccio.

Non parlavamo di quanto era successo, di come mi sentissi io dentro, delle difficoltà che avevo affrontato per accettare la mia situazione di "madre non mamma".

Loro parevano aver cancellato quei mesi, ma non era vero, perché tutto intorno aleggiava un'aria di formalità, e non di complicità e cordialità come in una famiglia normale.

Quando non ne potevo più scappavo dalla mia nonnina, che aveva sempre una parola buona e mi aiutava ad andare avanti, superando lo sconforto che era sempre dietro l'angolo.

Poi erano arrivati gli anni della nebbia, anni in cui erano successe molte cose, ma nulla che, per me, valesse la pena di accantonare nei ricordi per tirare fuori nei momenti bui.

Cose importanti come la laurea in medicina, la specialità in psichiatria, un lavoro in ospedale, avvenimenti che per chiunque sarebbero stati entusiasmanti, per me rientravano nel programma che mi ero prefissata, e quindi nella routine: certo soddisfazioni personali ma nulla di più.

Quello che contava veramente era l'amicizia che mi legava a quella vecchia signora e le poche conoscenze che riempivano i vuoti emotivi che mi portavo dentro.

Ricordo la raggiunta indipendenza economica come il primo vero successo, mi sentivo libera finalmente di decidere della mia vita come meglio credevo, anche se in realtà mi era servita solo per costruirmi una vita materiale e non quella affettiva che sentivo persa e lontana per sempre.

Successi, soldi, viaggi e l'affetto della mia nonnina.

Ricordo gli anni che si rincorrevano e mi succhiavano la vita, come se fossi seduta su una giostra che non avevo la possibilità di fermare in qualche modo, e io che mi facevo trascinare senza sosta, felice di essere annientata, di non avere la possibilità di fermarmi a pensare, di fare il punto sulla mia vita per chiedermi se ne fossi soddisfatta o meno.

Poi la giostra si era fermata.

Erano trascorsi più o meno quindici anni, in un lampo, quando mi era arrivata la notizia che l'unica persona che mi era stata vicina nel momento più problematico di tutta la mia vita stava morendo.

Non la vedevo da qualche tempo, sempre più travolta dai miei impegni, e non sapevo di questa sua malattia: la pensavo immortale, inattaccabile dal tempo che invece era passato inesorabile anche per lei, lasciandola fragile ogni giorno di più.

Ricordo che avevo lasciato all'istante il congresso al quale stavo partecipando e mi ero precipitata a casa sua, nella vecchia Brianza. Era lì che aveva deciso di morire: non in un anonimo ospedale, ma tra gli affetti che l'avevano accompagnata per una vita.

L'avevo vista e mi ero sentita morire anch'io.

Mi sembrava un uccellino nascosto nel groviglio di coperte e lenzuola, che ormai non bastavano più a scaldarla. Poco tempo di malattia l'aveva ridotta a un'ombra impalpabile, e io avevo preso coscienza della necessità di fermarmi e di vivere finalmente: me lo dovevo.

Erano alcuni minuti che la osservavo in silenzio, pensandola addormentata, quando con una voce flebile si era messa a parlare con me.

Era felice di vedermi. Aveva pregato i miei genitori di avvisarmi, sapeva che non l'avrei lasciata andare via senza salutarla e poi aveva una cosa importante da dirmi. Aveva pensato molto se farlo oppure no, ma poi aveva deciso che me lo doveva.

Aveva saputo, per caso, il nome dei genitori adottivi di Genziana e il loro indirizzo fino all'anno precedente, ma volendo non sarebbe stato difficile sapere se abitavano ancora lì.

Non avevamo mai parlato di un mio desiderio di ritrovarla, ma lei pensava che mi avrebbe fatto piacere sapere se mia figlia stava bene e lei non poteva andarsene senza darmi l'informazione che mi avrebbe potuta aiutare. Per ultimo mi aveva detto che il suo nome era rimasto quello che avevo scelto io.

Altre parole che mi erano rimaste incise nella memoria così com'erano uscite dalla bocca di una delle persone più importanti della mia vita, perché erano venute da lei e perché avevano dato una svolta alla mia esistenza.

Lei se ne era andata dopo poco tempo e mi aveva lasciato in eredità la sua casa e la decisione di cercare Genziana.

Dovevo sapere tutto di lei e poi decidere se farmi o meno avanti.

Non era stato semplice come avevo previsto. Mi ero fatta aiutare da professionisti perché la sua era una famiglia nomade a causa della professione di entrambi i genitori, impegnati nel mondo dello spettacolo: direttore d'orchestra lui, cantante lirica lei, e la figlia sempre al seguito di uno o dell'altro. Appena ero convinta di averli raggiunti, venivo a sapere che se n'erano andati da poco e io non potevo scoprire quello che realmente mi interessava, come stesse lei, e così continuavo le mie ricerche per il mondo. Poi avevo saputo che, circa all'età di diciotto anni, Genziana aveva deciso di andare a vivere da sola, in Svizzera. Non sapevo cosa facesse e nel suo piccolo si era spostata anche lei, costringendomi a servirmi ancora di qualcuno che lavorasse per me.

Nel frattempo avevo deciso di fermarmi in quella clinica in Svizzera.

Sentivo di essere arrivata alla fine delle mie corse per il mondo, e che lì avrei saputo come era vissuta fino a quel momento la mia bambina.

Avevo anche bisogno di stabilità, di quella famosa isola in mezzo al mare mosso che era stata la mia vita fino a quel momento.

Non avevo ancora deciso se mi sarei fatta avanti oppure no, quasi non credendo di arrivare alla fine delle mie ricerche, quando avevo ricevuto la notizia che lei si era stabilita in un paesino vicino a Losanna e che sembrava fosse una sistemazione stabile, almeno per quel periodo.

Ero entrata in crisi.

Se fino a quel momento tutto era nella dimensione del farò, saprò, deciderò, ora era arrivato il momento finale e volevo un consiglio.

Chi poteva ascoltarmi, se non il mio amico pittore?

Così mi ero recata da lui quel pomeriggio dove era iniziato tutto quello che era racchiuso in quei fogli, ora sparsi sul tavolo della sua cucina, che sembrava mi chiamassero, stanchi di nascondere segreti più grandi di loro.

XXV

L'alba di nuovo a portarmi pezzi di vita.

Io avevo finito.

I miei ricordi erano arrivati all'apice, toccava a lui concludere, parlare ora, visto che quel pomeriggio non lo aveva fatto.

Il primo sole stava entrando, incurante della mia voglia di abbandonarmi a un oblio liberatorio.

Fossi caduta preda di un'amnesia a colpo di spugna avrei risolto tutti i miei dubbi e le mie paure nuove, non avrei girato quel foglio, perché non avrebbe avuto senso e non avrei saputo…

Non potevo più sperare, ora sapevo e la tua bocca mi aveva tolto ogni dubbio residuo.

Genziana era la mia Genziana, il mio giovane amore.

Mi sono sentito morire e continuavo a guardare la tua bocca sperando in altre parole che avrebbero cancellato tutto, ma lei taceva, ormai non aveva altro da dire. La tua mente ora probabilmente correva dietro pensieri che non avevano più bisogno di essere ascoltati. Forse in realtà non ti era mai servito un consiglio, avevi solo desiderato riprendere in mano il tuo passato per agganciarlo al presente e raccontarlo a qualcuno. E io morivo piano piano. Mi sono sentito sporco e ti giuro che non è servito assolutamente ripetermi che io non ne avevo colpa, che non potevo sapere, che era successo per caso, che era stato uno sporco scherzo del destino. Mi sembrava che il sangue mi fosse defluito lentamente ma completamente dal corpo. Io non respiravo più e, anche se tu avessi continuato a parlare non ti avrei udito, perché sentivo solo il suo nome, come un'eco che rimbalzava da una parte all'altra del mio cervello: solo Genziana, ripetuto all'infinito. Fortunatamente eri presa dai giri della tua mente e non badavi a me in quel momento. Dovevo avere il tempo di riprendermi, almeno momentaneamente, non potevo crollare, dovevo ragionare prima di dire qualsiasi cosa a te che eri ignara di quanto stava succedendomi dentro. Non sapevo se, quando e come ti avrei riferito quell'enormità.

Poi mi è venuto in aiuto il tuo senso del dovere, si era fatto tardi e il lavoro ti reclamava.

Ricordo, a mala pena, di averti salutato e di averti detto di decidere con calma, di non precipitare le cose, lei non se ne sarebbe andata via subito, perciò tu avevi il tempo che ti era necessario.

Ma il tempo in realtà l'avevo bisogno io. Ti avevo salutata e non so quello che avevi pensato di me in quel momento, non dovevo avere un bell'aspetto. Io volevo solo tornare in casa, chiudermi dentro e annientarmi, svanire, fingere di non esistere, ma ero lì, reale e con un peso che mi schiacciava. Ho preso in considerazione mille soluzioni, ma nessuna che avesse un senso e tutte avrebbero fatto soffrire te e Genziana in modo intollerabile, dirlo a lei, dirlo a te, ma dire che cosa, e come?

Però una cosa potevo farla: tacere e sparire per sempre dalle vostre vite, tu non sapevi chi fossi in realtà e lei mi avrebbe dimenticato.

Era quella la decisione più sensata. Non potevo tornare indietro ma potevo andare avanti e uscire di scena definitivamente, senza lasciare feriti.

E l'avevo deciso, sai, ma poi è successo un altro fatto imprevedibile e più devastante dell'aver scoperto di essere il padre di Genziana. Stavo raccogliendo la mia roba per andarmene quella notte stessa, prima di rivederti e doverti dare spiegazioni per quella fuga improvvisa, quando è squillato il telefono.

– Ciao, sono giorni che devo dirti una cosa importante: aspetto un bambino. Non è un tuo problema, ma ho bisogno di parlartene, verrò lì tra una decina di giorni e potremo chiacchierare con calma. Mi senti? Ciao, devo andare ora. A presto.

Era un incubo, doveva esserlo. Nel giro di poche ore ero venuto a conoscenza di eventi che avrebbero sconvolto per sempre le nostre vite e, come ciliegina, quell'ultima notizia folle che mi era stata sbattuta in faccia, senza battere ciglio, come fosse una sciocchezza, con l'immediatezza e la freddezza tipica della gioventù. E poi perché – non è un problema tuo –? Certo che lo era, non sapeva neppure quanto. Poi lentamente ho preso contatto con quello che era successo. Il mio cervello lo ha elaborato e io sono inorridito e ho iniziato a vomitare l'anima. Non la smettevo più, avrei voluto correre da te e urlare che ti odiavo per non avermi cercato con più accanimento quando avevi saputo di essere incinta, che ti odiavo perché tu, che non avevi problemi, eri preoccupata per come ti saresti comportata nei confronti di tua figlia, che volevo ucciderti per quello che mi stava capitando. Ma nel profondo sapevo che stavo farneticando. Quell'incubo nel quale nuotavo per tenermi a galla era reale e non si potevano riscrivere gli eventi passati, dovevo solo non farmi più prendere la mano dal destino ma condurlo io, da quel momento in poi. Ma come?

Sapevo che dovevo fermarmi un attimo e ragionare senza impulsi esterni di alcun genere, così ho seguito il programma che mi ero fissato prima dell'ultima e più sconvolgente novità. Me ne sono andato, nottetempo, come un ladro, attento a non farmi scorgere da qualcuno che potesse riferirtelo. Ho girato per alcune ore e come meta avevo solo i sentieri tracciati dai miei pensieri, tortuosi, bui, senza via d'uscita. Mi sono ritrovato davanti a un piccolo albergo in un paesino vicino a Ginevra e ho deciso che mi sarei fermato lì: avevo bisogno di darmi *una pausa e decidere quale piega avrebbero preso la mia vita e la vostra.*

Ormai sono alcuni giorni che sono qui. Mangio, cammino e penso, penso fino a impazzire. Non trovo una soluzione. Mi è solo chiaro un fatto: se non avessi ricevuto quella telefonata, sarei davvero svanito nel nulla, senza sconvolgere né te, né lei. Ma dopo quella telefonata so di non poterlo più fare: tu almeno devi sapere e starle vicino, forse per spiegarle e decidere con lei cosa fare. E' per questo che sto scrivendo questi fogli: non so se avrò il coraggio di parlare e, nel caso mi mancasse, ci saranno loro a raccontarti tutto al posto mio.

Domani tornerò a casa e poi si vedrà...

Ecco, avevo scoperto il seguito ed era peggio di quanto avessi potuto immaginare.

Ero ammutolita, inorridita, in realtà non ci sono aggettivi adatti a spiegare come mi sono sentita in quel momento.

Continuavo a fissare quei fogli, leggeri come petali di un fiore velenoso: li avevo toccati e stavo morendo dentro.

La mia parte razionale se ne era andata momentaneamente in vacanza e il mio solo compagno era il lato folle che dorme, a volte per sempre, nel profondo dell'anima di ognuno di noi, e io sentivo che il mio si stava svegliando. Non volevo fermarlo, lasciavo che avanzasse, poiché era l'unico che potesse ridarmi vita in quel momento. Si era impossessato completamente di me e io avevo iniziato a urlare, ad accusare Ron di vigliaccheria e a inveire contro lui e il destino, poi avevo iniziato a rompere tutto quanto mi capitava davanti.

Volevo distruggere il mio incubo e mi accanivo contro la casa del suo artefice.

Poi sono arrivata in sala e il mio lato folle è tornato all'improvviso nei meandri più profondi del mio essere.

Mi sono bloccata perché davanti a me c'era la mia bambina, dappertutto. Doveva essere lei, perché quelli che stavo osservando erano ritratti pieni d'amore e chi li aveva creati doveva essere pieno d'amore per la modella. Ron lo era. Che l'amore fosse pure sbagliato, che non fosse propriamente innocente come avrebbe dovuto essere, ma c'era.

Avevo ancora in mano i fogli accartocciati e stropicciati: anche contro di loro si era accanita la mia disperazione.

Adesso lei aveva un volto, non era ancora reale, ma un volto l'aveva. Genziana mi sorrideva, ammiccava, mi guardava cupa, sembrava volesse farsi conoscere proprio da me, che la osservavo e sentivo crescere la calma e tornare la razionalità, piano ma in modo costante.

Sentivo che la mia follia se ne era tornata a casa per sempre.

Poi avevo rivisto la corda che penzolava ancora e il mio pensiero era tornato a Ron.

Non c'erano colpevoli in tutta quella brutta storia, ma solo vittime.

In quel momento mi ero resa conto di quanto doveva essere stato terribile per lui scoprire la verità, decisamente più per lui, parte attiva, che per me, spettatrice, impotente fino a quel momento, degli eventi.

Esattamente fino a quel momento, perché ora avrei dovuto condurre il gioco, affrontare e dare una mano al futuro.

Lui non ce l'aveva fatta a sopportare e aveva scelto la "via più semplice": se ne era andato, questa volta definitivamente e aveva lasciato tutto nelle mie mani e io avrei dovuto gestire quel tutto.

Mi ero calmata, anche se ancora non riuscivo a staccarmi da quella stanza.

Poi un attimo di lucidità e due brevi calcoli mi avevano resa consapevole del fatto che Genziana sarebbe arrivata a giorni, se non a ore.

Sicuramente dopo quella telefonata non aveva più avuto contatti con Ron e probabilmente non sapeva dell'accaduto, anche perché i giornali si erano fatti scappare la notizia. Avrebbe seguito i suoi propositi di arrivare fin lì per parlargli del bambino. Non sapevo come ubicarlo nel ramo della parentela, per il momento era solo un bambino, un essere umano con i suoi diritti e le sue priorità.

Anche se Dio solo sa quanto avrei voluto, la mia mente si rifiutava in quel momento di andare oltre.

Ormai il giorno era spuntato del tutto e io ero sfinita. Sentivo che dovevo dormire, non c'era più nulla che potessi scoprire o fare in quel momento. Desideravo solo tornare in camera mia, prima che qualcuno mi vedesse lì e in quelle condizioni, e facesse domande che sarebbero rimaste inspiegabilmente senza risposta.

Così ho richiuso la porta della sala, ho rimesso a posto quello che non si era rotto durante l'onda di furia e sono uscita per rientrare in clinica, dopo pochi minuti, dall'ingresso secondario.

Salita in camera, ho telefonato in portineria per annullare gli appuntamenti, accusando un improvviso malessere, e ho chiesto che mi chiamassero se fosse arrivata una signorina che chiedeva del pittore.

Era ritornato ad esserlo, dopo essere stato per una notte intera solo Ron.

Avevo depositato i fogli, ormai quasi illeggibili e ancora stretti nella mia mano, nella loro scatola e così, ancora vestita, sono crollata sul letto per piombare in uno dei miei vecchi sonni senza sogni, un sonno che mi ha annullata, che ha cancellato dalla mia vita tutte le ore da quel momento fino a quando, nei meandri del mio cervello, si è insinuato un suono ripetuto che mi ha riportato alla realtà.

Bussavano per dirmi che era arrivata la signorina che cercava il pittore. Ricordo di essermi svegliata di colpo e di aver detto, a chi stava dietro la porta, di trattenerla, che sarei scesa il più in fretta possibile.

Una doccia, una ravviata ai capelli, un po' di trucco per nascondere la stanchezza e la tensione e in un attimo ero nell'atrio.

Era giorno pieno, l'orologio segnava le undici, avevo dormito poco, avevo pensato, ma il calendario segnava la data del giorno successivo a quello del mio abbandono sul letto.

Avevo annullato ventiquattr'ore della mia vita.

XXVI

Poi ti ho vista.

Eri lì, seduta nel salottino d'attesa, fragile, triste: avevi già saputo, era evidente.

Non somigli né a me, né a Ron, ma, se lui avesse conosciuto mia mamma, non avrebbe avuto dubbi sulla nostra parentela, perché sei il suo ritratto da giovane.

Mi sono avvicinata e mi sono presentata, ma tu sapevi già chi ero.

"Sei la dottoressa bionda" mi hai detto con l'immediatezza che aveva già notato tuo padre "Mi ha parlato molto di te Ron. Perché l'ha fatto?".

Ecco, il caos della tua mente si stava dipanando in un intreccio di parole, che uscivano con la forza di un torrente in piena dalle tue labbra.

– Perché l'ha fatto? – Una delle mille domande alla quale non mi ero preparata, eppure era la più ovvia. Avrei voluto abbracciarti o stare muta lì a guardarti ma ho iniziato ad arrampicarmi sui vetri, come si usa dire, ho sciorinato le mie conoscenze mediche sulla mente umana per radunare un insieme di sciocchezze che dessero una parvenza di sensatezza a un gesto tanto sconsiderato.

Tu mi hai ascoltata attenta, con la voglia di razionalizzare il tutto, come fanno i giovani che hanno fretta di vivere e non vogliono perdere tempo prezioso a filosofeggiare sugli eventi.

Mi hai lasciata finire, poi hai iniziato a parlare e, anche se non lo potevi sapere, stavi facendo a me e a tuo padre un regalo di inestimabile valore.

"Gli volevo bene e sapevo che lui ne voleva a me, molto, forse troppo. Ero certa che l'avrebbe sconvolto sapere che il figlio che aspetto non è suo, perciò non volevo spiegarglielo per telefono, ma mi è scappata la notizia e, quando mi sono accorta, ho fatto anche peggio: ho detto 'non ti riguarda', e poi non ho saputo fare di meglio che dargli appuntamento dopo una decina di giorni e attaccare".

Con lui eri stata sintetica, tagliente come una lama che penetra nella carne senza provocare un immediato dolore, ma lascia un segno indelebile.

Avevi parlato tutto d'un fiato e si leggeva tra le righe il terrore per essere la probabile responsabile di quel gesto.

Il bambino non era di Ron e io, finalmente, nella mia mente lo potevo chiamare nipote.

Era un regalo arrivato troppo tardi per lui, ma lo avrebbe fatto riposare in pace.

Come mi avevano assalito tutte le paure per quella situazione paradossale, così a quella nuova scoperta se ne erano andate, lasciandomi esausta per l'abbandono dell'adrenalina che mi aveva sostenuta fino a un attimo prima.

Ho rimesso i panni del medico, dovevo continuare a calmarti, con argomenti più concreti a questo punto, trattandoti come tu fossi una mia paziente preda di sensi di colpa. La mia mente, sgombra dalle paure che l'avevano paralizzata fino a pochi minuti prima, ha inventato una vita parallela di Ron, lastricata di problematiche che l'avevano oppresso per anni, lasciandolo in pace solo per brevi periodi, e che alla fine lo avevano portato a quel gesto estremo. Sentivo vicino Ron, quasi mi suggerisse le parole che mi uscivano dalla bocca approvando le storie che mi stavo inventando. Alla fine le mie argomentazioni e tutte le mie bugie a fin di bene hanno avuto effetto e ti sei convinta di non essere la causa di quella tragedia.

Ne ero felice e ancora di più quando mi hai abbracciata, così, senza lacrime, ringraziamenti o parole vane, ma spontaneamente, come se quel gesto fosse abituale tra noi.

XXVII

Chi ha detto "chi muore giace e chi vive si dà pace" non ricordo, ma probabilmente non sbagliava, almeno nel nostro caso.

Non era una pace completa, per la quale era decisamente troppo presto, ma per lo meno aveva iniziato a farsi strada a suon di crampi causati dal bisogno di cibo che hanno le persone sane e che vivono nella normalità quotidiana.

Davanti a un piatto di spaghetti fumanti, cucinati fuori orario apposta per la "dottoressa bionda" che stava meglio, tu mi hai messa al corrente dei cardini della tua vita, senza che io te lo chiedessi. In quel momento desideravo godere solo della tua presenza, senza domande, senza storie che potessero offuscare la limpidezza che finalmente mi avvolgeva, come le acque di un mare calmo.

Ti guardavo e accarezzavo la bambina che non avevo mai potuto tenere tra le braccia.

Ti ascoltavo e ti vedevo dire le prime parole tentennanti che non avevo mai potuto udire.

Quanto mi sono persa di te! Una vita. Potevo solo sperare di fare parte dell'altro tratto, e in quel momento lo volevo, fino a provare una fitta al cuore.

Forse quel mio desiderio era tanto reale e violento, da arrivare dritto a te come un filo invisibile.

Tra noi si è instaurato subito un feeling, un'affinità che è andata oltre la conoscenza dei nostri reali rapporti. Mentre io guardavo la mia bambina, tu continuavi a parlarmi di te, della tua infanzia felice e girovaga, con due genitori che hanno improntato il vostro rapporto sull'amore e sulla sincerità, al punto che, appena raggiunta l'età della ragione, ti hanno detto di essere stata adottata. Il mio cuore si è fermato per un attimo: inconsciamente avevo atteso con timore quella parte del racconto.

Poi mi hai fatto un altro regalo.

"Mi sono sentita speciale" mi hai detto "per due motivi: perché sono stata scelta per portare amore, e perché le persone alle quali l'ho dato mi hanno ricambiata e mi hanno assicurato che chi mi ha messa al mondo mi ha voluto affidare a chi si sarebbe preso cura di me, poiché lei era troppo giovane per farlo". Ancora poche parole, ma questa volta simili a una carezza, anche se un po' ruvida, che aveva lasciato un'impronta calda sul mio viso.

Non avevi parlato di un padre, ma sentivo che eri serena e ho voluto credere con tutte le mie forze di non essermi sbagliata; non ho voluto leggere tra le righe per assicurarmi che non ci fossero ombre che non avevo scorto. Egoismo, istinto di conservazione, desiderio disperato di non averti rovinato la vita, non so, forse solo bisogno di recuperare il tempo perso senza interferenze di alcun genere. Non ci si può interrogare all'infinito, si rischia di impazzire, ed era l'ultima cosa che desideravo in quel momento: volevo una lucidità totale per godere ogni attimo di quell'incontro.

Hai continuato assicurandomi che, anche se lontani, i tuoi genitori ti sono sempre stati vicini, che c'è un filo che vi lega, anche se a capi opposti del mondo.

Mi hai raccontato del padre del tuo bambino, un amore che non è stato all'altezza delle aspettative e si è sbriciolato nel momento in cui gli hai detto di essere incinta. Tu hai deciso di tenerla comunque, quella creatura, senza porti domande o crearti problemi di alcun genere.

Ti sei dimostrata molto più forte di me.

Poi hai iniziato a parlare di Ron e siamo tornate precipitosamente al presente, doloroso e per un momento accantonato.

La pace che si era fatta strada si è scostata lasciando il passo di nuovo alla tristezza. Anche a questo punto del tuo racconto le parole sono state poche, ma incisive ed essenziali. La voglia che avevi di raccontarmi tutto esigeva necessariamente sintesi. Mi hai detto che l'avevi conosciuto quando sapevi da pochi giorni di essere incinta.

"Mi sentivo sconfitta, in qualche modo, per quel mio fallimento sentimentale, ed è comparso lui, più vecchio, più saggio. Amavo la sua compagnia, le passeggiate, le chiacchiere, i silenzi che non sentivo la necessità di colmare con racconti che non entravano in quel contesto. Poi la situazione ci è sfuggita di mano, non so neppure io perché, ma è successo. Io non volevo che si illudesse sul nostro rapporto, perciò avevo deciso di dirgli del bambino. Se ne sarebbe comunque accorto prima o poi, a meno che io fossi sparita, ma non ne avevo voglia. Ora ho un lavoro, una casa e non voglio più correre per il mondo. Speravo tanto di fargli capire quanto fosse importante per me restare amici, invece…".

Invece è iniziata la nostra, di amicizia.

Poteva finire tutto dopo quel piatto di spaghetti e quel racconto dei tuoi primi vent'anni di vita, invece è iniziato un rapporto che si è rafforzato strada facendo, di stima, di affetto, di appoggio morale e materiale.

Unico neo, la non completa sincerità da parte mia.

Ti ho aperto anch'io la mia vita, ma sono sempre scivolata, come su una lastra di ghiaccio, sul periodo che ti riguardava da vicino, una linea piatta su un grafico.

Di nuovo egoismo addolcito da mille scusanti, fragili ma resistenti a qualsiasi ragionamento logico.

Mi dicevo che non volevo turbare la tua gravidanza, ma in realtà temevo che se ti avessi detto la verità, sarei stata esclusa da quel periodo, importante per me quasi quanto per te.

Scusavo il mio silenzio raccontandomi che, se tu l'avessi presa male e mi avessi allontanato, con i tuoi genitori lontani saresti rimasta sola.

Neppure per un attimo riuscivo a pensare che tu avresti capito, perdonato.

Il mio senso di colpa che si era risvegliato mi impediva di pensare positivo, ma non di godermi appieno la mia nuova situazione di mamma, anche se a metà. Così ti sono stata vicina per tutti i restanti mesi dell'attesa, ringraziando in cuor mio il lavoro dei tuoi genitori che, presenti ma non di fatto, hanno facilitato questa situazione.

XXVIII

Manca poco ormai al termine.

Oggi mi hanno chiesto di aiutare a sgombrare la casa di Ron: l'hanno venduta, e nessuno sa l'indirizzo dei suoi genitori o di qualcuno a cui consegnare i suoi effetti personali.

Non reclamandoli nessuno, ho tenuto per me i suoi quadri e ho deciso di conservarli per te, quando e se deciderai di averli.

Non sei mai entrata in casa sua, perciò per te non è stato traumatico vedere estranei entrare, uscire e rivoluzionare giardino e facciata.

Per me lo è stato, gli ho detto addio una terza volta.

Ma, come se il destino non volesse farmi soffrire troppo, appena rientrata in ospedale mi hanno avvisata che era appena nata tua figlia, forse un poco in anticipo rispetto al previsto, quasi volesse consolarci, non farci sentire troppo sole.

L'ospedale dove hai deciso di farla nascere non è molto distante da qui, così in poco tempo vi ho raggiunte. Appena mi hai vista, mi hai sorriso, tra i fumi della stanchezza, e mi hai detto:

"Ho pensato di chiamarla Iris, che ne dici? Un fiore tu, un fiore io e un fiore lei. Vuoi essere la sua madrina?".

Non ho neppure fatto in tempo a risponderti che ne ero felicissima, che ti sei addormentata con un sorriso sulle labbra.

Io sono qui adesso, mentre dormi, in una stanza silenziosa, vicino alla tua, perché voglio esserci quando ti sveglierai, a scrivere questo diario, o meglio a comporre questo mosaico, tessera dopo tessera, un colore accanto all'altro, il mosaico delle radici della nostra famiglia, della tua vera famiglia.

Non so perché lo sto facendo, forse per donartelo un giorno, o forse, più sinceramente, per me.

Voglio che non vada perso nulla, né una parola di Ron, né una sensazione mia di quel lungo giorno.

Ho riscritto tutti quei fogli, ormai quasi illeggibili, dopo la furia di quella notte, e li ho intrecciati con i miei ricordi e le mie emozioni, in un tutto unico, a formare un quadro solo nostro.

Ora sto inserendo l'ultimo tassello, Iris, la nostra piccola. Non so se avrò mai il coraggio di far leggere a qualcuno quello che è racchiuso qui.

L'unica persona che vorrei lo potesse fare è tuo padre.

Saprebbe che il suo desiderio che io ti stessi vicino si è avverato, al di là di ogni mia aspettativa, e che tu hai avuto una bellissima bambina che ci ha resi nonni.

Comunque conserverò questi fogli con cura: può darsi che un domani sarai tu a leggerli...

Dieci anni dopo...

Sono passati pressappoco dieci anni e Rosa ha conservato quei fogli con tanta meticolosità, che sono rimasti tutti solo suoi: nessuno ne ha mai conosciuto il contenuto fino al giorno di primavera che ha scandito il primo decennio della sua nuova vita.

Hanno rivisto la luce e hanno respirato l'aria salmastra di una cittadina immutata nel tempo, riportando alla luce quel mosaico così ben custodito.

Loro sono a poca distanza da Rosa, che è seduta a un tavolino, proprio nel centro della piazzetta di Portofino, e assapora quell'atmosfera magica, che la fa risentire ragazzina ogni qual volta riesce a passare lì qualche giorno.

Quelle pagine preziose sono tra le mani di un'anziana signora, che le ha lette e rilette un'infinità di volte, per essere ben certa di averne appreso il vero significato, e ora le accarezza, le chiude in una cartelletta, quasi per paura di sciuparle, ripone il tutto in borsa ed esce, chiudendosi alle spalle la vecchia porta.

Si sofferma, osserva il muro scrostato e le scale consumate dal tempo, e non ferma le lacrime che, silenziose, le stanno bagnando il viso.

Ne ha di anni sulle spalle, ma in quel momento li sta contando ad uno ad uno e le sembrano tanto pesanti, da non riuscire a sorreggerli.

Poi, quasi avesse deciso che è arrivata l'ora di reagire e proseguire, si raddrizza come volesse scrollarseli di dosso, assieme a tutti gli errori fatti che ne acuiscono la pesantezza, respira a pieni polmoni l'aria fresca del tramonto e piano piano si incammina sull'acciottolato sconnesso e reso scivoloso dall'umidità che sale dal mare.

Rosa è ancora lì, non sente il fresco della sera che si avvicina, sorseggia una bibita e si guarda attorno serena come chi ha preso una decisione, finalmente, e sta attendendo pazientemente di metterla in atto, quando scorge quella figura che procede incerta verso di lei.

Ormai la figura è a pochi passi e sorride serena, allora Rosa si alza e:

"Ciao mamma, scusami se ti ho lasciata sola ma, quando ho deciso che era giusto che almeno tu conoscessi la verità, ho pensato che avessi bisogno di tranquillità. Non temevo una tua reazione diversa dalla felicità di essere nonna e bisnonna di due persone che ami già profondamente, volevo solo che l'averlo scoperto fosse un momento solo tuo. Dimmi che ho avuto ragione".

La donna appoggia la borsa sul tavolo e senza proferire parola si avvicina alla figlia, e Rosa si ritrova tra le sue braccia. È un contatto che la colpisce nel profondo dell'anima: non sono mai state abituali tra loro effusioni di quel genere. Si rende conto che quelle manifestazioni sua madre le ha sempre riservate a Genziana e Iris, quasi dalla prima volta che le ha conosciute, anche se, fino a quel pomeriggio, per l'anziana signora hanno rappresentato solo due carissime amiche, quasi due parenti acquisite, ma nulla di più.

Gliele aveva fatte conoscere appena uscite dall'ospedale.

Rosa aveva deciso che sua figlia e sua nipote avrebbero fatto parte della sua vita da quel momento in poi e aveva trovato giusto accantonare i suoi antichi rancori nei confronti dei genitori e permettere che anche loro imparassero ad amarle, anche se non come parenti, perché non voleva che ne fossero influenzati positivamente o, Dio non volesse, negativamente.

Il cammino non era stato semplice, soprattutto all'inizio, perché Rosa aveva dovuto lavorare tantissimo per recuperare il rapporto suo con i suoi, ricucire discorsi interrotti, sotterrare definitivamente antichi rancori, ritrovare un'armonia sbiadita dall'indifferenza.

Era stato difficile ma ce l'avevano fatta, solo che di questi affetti, trovati e ritrovati, suo padre non aveva potuto godere a lungo perché le aveva lasciate poco dopo la riconciliazione. Era stato quello il momento in cui il legame di quelle quattro donne era diventato indissolubile.

Rosa si scioglie gentilmente da quell'abbraccio inaspettato.

"Grazie" le dice sua madre.

Un grazie carico di tante parole non dette e difficili da dire.

Solo quella parola, poi si siede e attende, perché sa che la decisione della figlia è solo la punta di un iceberg ed è certa che, a quel punto, lei glielo farà scoprire tutto, fino alla base, pur profonda che sia.

Infatti Rosa la invita a sedersi, lo fa a sua volta e, dopo un sospiro profondo, quasi a rafforzare la calma e la determinazione che già prova, inizia a parlare con dolcezza, come si fa con i bambini, per abituarli ad un'idea che potrebbe farli infuriare...

"Ti devo le spiegazioni che non sono comprese nei fogli che hai appena letto. So che probabilmente avrei dovuto dirti tutto dall'inizio e farlo anche con Genziana prima e con Iris poi, ma subito non ce l'ho fatta e il momento giusto non arrivava, oppure ammetto che non l'ho cercato mai, perché, in realtà, non volevo trovarlo. Forse non sarebbe stato giusto neppure nei confronti di chi l'ha cresciuta, irrompere nella loro vita con una notizia del genere. Sicuramente sarebbe stato sconvolgente per lei apprendere il doppio ruolo che Ron aveva avuto nella sua vita.

Non sarebbe stato facile comunque tacere se non fossi riuscita a starle vicino e a diventarle amica come invece è successo, solo in quel caso forse avrei usato il nostro vero legame per non perderla un'altra volta e, probabilmente sarebbe successo definitivamente.

Come vedi l'incertezza e la confusione su come comportarmi nei confronti di questi legami, che hanno rivoluzionato completamente la mia vita, mi è sempre stata compagna di cammino.

Non ho mai accantonato però del tutto l'idea di rivelare ogni cosa a Genziana e sicuramente avrei usato i fogli che hai appena letto, anzi da un po' meditavo di farlo.

Ma è successo un fatto che ha rivoluzionato ancora le mie decisioni, questa volta in modo definitivo.

Due giorni fa mia figlia è venuta a trovarmi e mi ha chiesto di farle da testimone di nozze. Sai quel ragazzo che ha conosciuto l'anno scorso? Hanno deciso di dare un famiglia a loro stessi e a Iris.

Capisci cos'è successo? Ancora una volta mi ha voluta vicino.

I nostri legami si sono saldati maggiormente. La nostra famiglia è la sua e io ho capito che tutto deve rimanere così, che nulla potrebbe unirci ancora di più.

Così ho deciso, senza dare ascolto ad altri suggerimenti della mia anima o della mia parte razionale.

Nessuno mai dovrà sapere quello che è contenuto in questi fogli, tu sei stata l'ultima ad averli letti e almeno questa volta devi stare dalla mia parte e non tradirmi.

Io ho fatto in modo che tu sapessi la verità perché te lo dovevo, ora che non ti avrebbe più fatto soffrire, ora che hai imparato di nuovo a volermi bene. Mancava un fiore al bouquet per essere completo, Rosa, Genziana, Iris e tu Ginestra, ma dovrà rimanere un nostro segreto".

È stato un discorso essenziale, difficile e inframmezzato da pause riempite da sguardi muti ma carichi di significato.

Non sono più necessarie tra loro le parole, ormai basta un sorriso e una carezza per suggellare quel patto tacito, e Ginestra li dona entrambi a sua figlia.

Rosa si alza, raccoglie i fogli posati sul tavolo e si avvia verso il faro, su fino in cima, dove il paese rimane nascosto dai pini marittimi.

L'aria è di un colore indaco intenso e in basso il mare è azzurro cupo, come gli occhi di quel ragazzo che vendeva i suoi quadri a turisti abbronzati.

Si è alzato un vento tiepido che fa increspare la superficie dell'acqua.

Rosa legge ad uno ad uno i fogli che stringe tra le mani, per l'ultima volta, perché ormai resteranno scritti solo nella sua memoria.

Ad uno ad uno li spezzetta in mille frammenti, come tessere di un mosaico o come petali colorati, poi apre le dita e lascia che il vento li porti giù, verso le onde che li trasportano al largo e poi li depositano sui fondali, dove saranno custoditi e nascosti per sempre.

Ringraziamenti

Tra la miriade di persone che scrivono mi sento una goccia nel mare ma voglio ringraziare, come fanno i grandi, alcune persone che hanno contribuito all'uscita di questo libro: Giuseppe P. che per primo mi ha detto: "Mi è piaciuto molto, perché non lo pubblichi?"; Claudio Z. che con la sua prefazione ha dato un tocco di magia alle pagine a seguire; Silvana P. che riesce a trasmettermi tutto il suo entusiasmo esplosivo quando parla di quello che scrivo e dipingo; Luigi T. che ha impreziosito, con il suo lavoro, un semplice acquerello.

Ringrazio poi tutte le persone che, essendo arrivate a leggere questa pagina, suppongo abbiano letto anche il resto, mi auguro con piacere.

Maria Luisa Castelli Ferraris

Indice